헤밍웨이,
글쓰기의 발견

Ernest Hemingway On Writing

헤밍웨이,

글쓰기의 발견

지은이 어니스트 헤밍웨이
엮은이 래리 W. 필립스   옮긴이 박정례
펴낸이 이종록   펴낸곳 스마트비즈니스
등록번호 제 313-2005-00129호   등록일 2005년 6월 18일
주소 경기도 고양시 일산동구 정발산로 24, 웨스턴돔타워 T4-414호
전화 031-907-7093   팩스 031-907-7094
이메일 smartbiz@sbpub.net
ISBN 979-11-6343-060-5 03840

초판 1쇄 발행 2024년 3월 25일

헤밍웨이, 글쓰기의 발견

어니스트 헤밍웨이 지음
래리 W. 필립스 엮음 | 박정례 옮김

헤밍웨이, 글쓰기의 '고통과 기쁨'을 고백하다!

Ernest Hemingway On Writing

Sb
smart business

| 엮은이의 글 |

이 책이 '당신이 탄생시킬 문장'의 밀거름이 되기를!

어니스트 헤밍웨이는 작가로서 활동하는 내내 글쓰기에 대한 질문을 꺼리며 말했다.

"나비 날개의 무늬가 어떠하든 독수리 깃털이 어떤 모양으로 배열되어 있든, 그것을 보거나 그것에 대해 말하는 순간 사라지고 만다."

이러한 생각에도 불구하고 그는 생의 마지막 순간까지 자신의 소설들과 편집자, 친구, 동료 작가, 비평가들에게 보내는 편지, 인터뷰, 칼럼을 통해 글쓰기에 대한 글을 남겼다. 글쓰기에 대한 그의 글들은 현존했던 그 어떤 작가의 것보다 더 명확하고 근사하다. 일생에 걸쳐 쌓인 그의 글쓰기에 대한 견해와 관찰은 상당한 양을 이

뤘고, 그중 대부분은 그것을 담고 있는 텍스트에서 쉽게 발췌할 수 있었다.

이 모음집이 나올 수 있었던 과정은 다른 책들이 그렇듯이 헤밍웨이와 그의 작품에 대한 나의 애정, 그의 글에 대한 나의 연구가 발단되어 수년 전에 처음 시작되었다. 그리고 토마스 H. 무어가 헨리 무어의 쓰기에 대해 남긴 글들을 모았던 비슷한 책에서 아이디어를 얻었다.

어떤 주제에 관해 한 사람이 평생 동안 밝혀 온 생각을 모으는 일은 아주 흥미로운 일이다. 다른 많은 사람이 어떤 주제에 대해 가진 생각들이 그러한 것처럼, 글쓰기에 대한 헤밍웨이의 글도 그의 세계 속에 흩뿌려져 있다. 내가 그 조각들을 다시 가져와서 여러 범주로 나누어 정리하는 동안 아주 이상한 일이 벌어졌다. 서로 다른 시기에, 다른 국가나 도시에서 무작위로 쓰인 글들이 시공간을 뛰어넘어 마침내 마술처럼 퍼즐 조각이 끼워 맞춰진 것이다.

이러한 일은 녹음된 인터뷰를 받아 적는 사람들에게 흔하게 일어나는 현상과 비슷하다. 중간에 주제를 벗어나서 한참 동안 다른 주제에 관해 계속 얘기하다가 다시 원래의 이야기로 돌아와, 정확히 주제에서 벗어났던 바로 그 지점에서부터 다시 이야기를 맞춰 가는 것처럼 말이다.

다양한 기사, 편지, 책에서 글쓰기라는 정해진 주제에 대한 헤밍웨이의 견해를 꾸준히 발췌했다. 그런데 그런 과정에서 마치 이것이 수십 년에 걸쳐 꾸준히 발표된 하나의 메시지가 다른 자료의 행간 사이에 끼워 넣어진 것처럼 맞물려 있었다. 그리고 나는 이 책에서 그 느낌을 유지하고 싶었다.

이 책에는 글쓰기의 기술, 작업 습관, 규율 등 글을 쓰려고 하는 사람들에게 유용할 구체적인 조언들이 가득하다. 또한 작가의 본질과 작가 생활을 구성하는 요소에 대한 헤밍웨이의 성찰도 담겨 있다. 보편적인 지혜와 위트, 유머와 통찰력, 작가라는 직업의 진실성에 대한 견해를 통해 헤밍웨이의 인품이 드러난다.

모든 작가, 글쓰기를 공부하는 학생, 일반 독자들에게 도움되고 영감을 줄 수 있기를 바라는 마음에서 수많은 자료를 찾아 한 권의 책으로 엮었다. 헤밍웨이가 〈아프리카의 푸른 언덕〉에서 말했던 것처럼, 다른 사람들이 문장 하나를 쓰는 데 도움주기 위해 태어난 작가들이 있다. 나는 이 모음집이 '당신이 탄생시킬 문장'의 밑거름이 되기를 바란다.

_ 래리 W. 필립스

| 옮긴이의 글 |

시공간을 초월하여,
헤밍웨이와 만나는 '특별한 여행'이 되기를!

종군 기자, 야생 동물 사냥꾼, 심해 어부 같은 헤밍웨이의 대중적 이미지는 평생에 걸친 그의 글쓰기에 대한 헌신을 가리는 경향이 있다. 그를 아주 잘 아는 사람만이, 글쓰기에 대한 그의 치열한 열정을 안다. 헤밍웨이에게 다른 모든 직업은 아무리 매력적이라도 작가로서의 경력에 비하면 후순위였다.

그의 유명한 허풍의 기저에는 글쓰기에 전적으로 헌신했던 예술가가 자리잡고 있다. 때때로 그는 글쓰기에 대해 너무 많은 말을 하면 자신의 뮤즈에게 방해가 될까 봐 두려워서, 거의 미신에 가까울 정도로 글쓰기에 대해 말하기를 꺼렸다. 하지만 새로운 작품을 시작해야 하는 힘든 상황이 아닐 때는 글쓰기 기술에 관한 이론, 심지어 자신의 글쓰기 방법들에 대해서도 허심탄회하게 대화를 나눴다. 그가 쓴 편지와 다른 글들을 통해 그런 대화를 심심치 않게 나눴음을, 이 책을 통해 확인할 수 있다.

그의 글쓰기에 대한 생각을 모아 놓은 이 책은 작가로서 그의 목표와 원칙들이 궁금한 헤밍웨이 독자들에게, 그의 작품에 관한 흥미로움을 제공할 것이다.

글을 만지는 어려운 과제에 대한 실질적인 조언을 찾고 있는 작가 지망생들에게 이 책은 경험적 지식과 제안, 그리고 작가라는 직업에 관한 요령이 가득 담긴 황금 광산이다.

이 책에서는 글쓰기에 대해 헤밍웨이가 추구하고 천착했던 가치들이 끊임없이 반복된다. 진실하고 정직한 글, 사실보다 더 사실적인 글, 자신이 알고 있는 것만을 쓰고 불필요한 수식이나 장식들은 일체 배제하는 것 말이다. 그가 가장 혐오하고 기피했던 글은 거짓된 글, 돈벌이를 위해 현실에 타협하는 글, 정치적 성향을 띤 글이었다.

그는 평생 진실만을 추구했다. 때론 가난 때문에 돈이 되는 글에 대한 유혹을 느끼기도 했지만, 마음을 다잡고 추스르는 모습이 오히려 더 인간적이다.

하드보일드 스타일하면 헤밍웨이를 떠올릴 정도로, 헤밍웨이의 문체를 보면 불필요한 단어는 찾아볼 수 없다. 그의 표현은 단순하고 거침없다. 또한 동료 작가들에 대한 비평은 너무 솔직해서 무례하게 들리기도 한다.

하지만 동료 작가들에 대한 진심 어린 충고는 문학에 대한 그의 애정이 남달랐다는 사실을 알 수 있게 한다. 특히 스콧 피츠제럴드에게 보낸 편지글이 많이 실렸는데, 그에 대한 애정과 관심을 엿볼 수 있다.

독자들이 이 책을 통해 헤밍웨이의 지혜와 위트, 유머, 통찰력은 물론 작가로서 흠잡을 데 없는 고집과 전문성까지 두루 경험하기를 바란다. 그래서 시공간을 초월하여 그와 만나는 특별한 여행이, 독자들의 새로운 즐거움이 되었으면 한다.

_박정례

| 차례 |

PART 2

작가의 발견

PART 1

글쓰기의 발견

글쓰기란 무엇인가?

글을 끝내기 전에 온 세상을, 아니 제가 보았던 만큼은 그려 내려고 노력하고 있습니다. 그리고 세상을 얇게 펼쳐 내기보다는 늘 압축하고 요약해 내려고 합니다.

폴 파이퍼 부인에게(두 번째 부인의 어머니), 1993. <서간 선집Selected Letters> p.397

1인칭 시점으로 소설을 처음 쓰기 시작하면 이야기가 너무 실감이 나서 사람들이 그것을 사실로 믿게 되고, 독자들은 그 일이 실제로 작가에게 일어났던 일이라 생각한다. 그도 그럴 것이 작가가 이야기를 꾸며낼 때 그 이야기를 하는 사람에게, 그 일이 일어나도록 해야 하기 때문이다. 이 일을 성공적으로 해내면 독자는 어느새 자신도 그 일을 경험했다고 생각하게 된다.

이렇게 만들 수만 있다면 작가로서 바라던 바를 성취하기 시작하는 것이다. 소설이 그 어떤 현실도 능가할 정도로 사실적으로 묘사되어 독자의 경험의 일부가 되고, 그 기억의 일부가 되는 것 말이다. 단편이든 장편이든 읽을 당시에는 미처 발견하지 못했던 것들이, 부지불식간에 자신의 경험과 기억으로 녹아들어 자기 삶의 일부가 되는 것들이 있기 마련이다.

하지만 그건 쉬운 일이 아니다.

미출간 원고. 케네디 도서관 소장. 두루마리 원고 중에서 19, T178

좋은 책은 모두 실제보다 더 진실하다는 공통점이 있다. 좋은 책을 읽고 나면 그 이야기가 모두 나에게 일어난 것 같은 생각을 하게 된다. 좋은 일, 나쁜 일, 절정의 환희, 후회, 슬픔 그리고 등장인물들과 배경이 되는 장소와 날씨에 이르기까지 모든 것들이 고스란히 나의 경험이 된다.

기사 작성 : <어니스트 헤밍웨이By Line : Ernest Hemingway> p.184

정말 좋은 글은 아무리 여러 번을 읽어도 도대체 어떻게 썼는지 알아낼 수가 없습니다. 모든 위대한 글에는 수수께끼가 존재하고, 그 수수께끼는 파헤쳐지지 않기 때문입니다.

이 사실은 계속될 것이며 언제나 유효합니다. 그래서 좋은 글을 다시 읽을 때마다 우리는 뭔가 새로운 것을 찾아내거나 새로운 깨달음을 얻게 되지요.

하비 브레이트에게(뉴욕타임스 서평란 기고가이자 작가), 1952. <서간 선집Selected Letters>
p.770

그리고 비밀이 하나 더 있습니다. 상징적 표현이란 건 없다는 거죠. 바다는 그저 바다입니다. 노인은 그저 노인일 뿐입니다. 소년은 소년이고, 물고기는 물고기입니다. 상어는 그냥 상어이지, 그 이상도 그 이하도 아닙니다.

사람들이 말하는 상징적 표현이란 것은 모두 헛소리입니다. 그 이상의 의미란 자신이 알고 있을 때, 그 이상을 보는 것이죠.

버너드 베런슨에게(미국의 미술사학자. 르네상스 전문가), 1952. <서간 선집Selected Letters>
p.780

당신을 기억해줄 몇몇 사람을 위해서 그 일을 한다면, 한 번이면 족하다. 하지만 그 일을 오랫동안 하게 되면 많은 사람들이 당신을 기억하고 자식들에게 그 일을 얘기할 것이다. 그러면 그들의 자식과 손자들도 그 일을 기억할 것이다.

그리고 그 일이 책에 관한 것이라면 책을 읽을 것이고, 좋은 책이라면 인류가 존재하는 한 영원할 것이다.

말콤 카울리, <미스터 파파의 초상A Portrait of Mr. Papa> 중에서. 라이프 지 1949.

글을 쓰는 것은 사실 매우 간단합니다. 타자기 앞에 앉아서 피를 흘리기 시작하면 됩니다.

영화 <헤밍웨이와 겔혼Hemingway & Gellhorn>에서

글쓰기의 고통과 즐거움

나는 글쓰기를 아주 좋아한다네. 하지만 아무리 해도 글쓰기가 쉬워지지 않아. 자신의 능력 이상으로 잘하려고 끊임없이 노력한다 해도 글을 쉽게 쓴다는 건 기대할 수 없다네.

브라그 주니어에게, 1959. <서간 선집Selected Letters> p.893

진행자 : 작가가 되어야겠다고 결심하게 된 순간이 정확히 언제인지 기억하십니까?

헤밍웨이 : 아니요. 저는 늘 작가가 되고 싶었습니다.

조지 플림프턴, “어니스트 헤밍웨이와의 인터뷰An Interview with Ernest Hemingway.” <파리 리뷰The Paris Review 18> 1958 봄호

우리는 기본적으로 두 사람을 위해 글을 쓰고 있다고 생각하네. 자신을 위해서 절대적으로 완벽한 글, 그게 아니면 멋진 글을 쓰려고 노력하지.

그다음엔 사랑하는 사람을 위해 글을 쓰네. 그녀가 글을 읽거나 쓸 줄 아는지, 또는 생존 인물인지 고인인지 상관하지 않고 말일세.

아서 미즈너에게(미국의 영문학과 교수. 1951년에 피츠제럴드의 자서전을 집필했다), 1950. <서간 선집Selected Letters> p.694

맥스, 전 오늘도 작업을 할 겁니다. 소설을 쓰는 일은 정말 고된 일이지만 이보다 더 저를 기분 좋게 해주는 일은 없거든요.

맥스웰 퍼킨스에게(헤밍웨이와 피츠제럴드의 작품을 편집한 편집자), 1938. <서간 선집 Selected Letters> p.474

좋은 글은 저절로 될 수 있는 일도 아니고, 그렇다고 절대로 할 수 없는 일도 아닙니다. 글쓰기는 끊임없이 반복되는 도전으로, 내가 지금껏 했던 그 어떤 일보다 어려운 일이죠. 그래서 나는 글을 씁니다. 그리고 글이 잘 써질 때 저는 행복하답니다.

이반 카쉬킨에게(러시아의 비평가, 시인, 번역가), <서간 선집Selected Letters> p.419

매일 열심히 작업하고 있고 진행도 순조롭네. 그래서 일상이 지루하기 짝이 없기도 하다네. 하지만 다른 일을 하느니 이러는 편이 더 재미있지. 포드는 콘래드가 글을 쓸 때 늘 너무나 괴로워했다고 썼지. 개같은 일이니 어쩌니 했던 것 말일세. 자네도 글을 쓸 때 괴로운가?

나는 그렇지 않네. 오히려 글을 쓰지 않을 때 망나니가 된 것 같아 더 괴롭다네. 아니면 글쓰기 전에 그런 생각이 들지. 그리고 글을 다 쓴 다음에도 공허하고 더러운 기분이 되지. 하지만 글을 쓸 때만큼은 정말 기분이 좋다네.

말콤 카울리에게(미국의 시인 겸 평론가. 헤밍웨이, 포크너 등의 작품을 편집하였다), 1945.
〈서간 선집Selected Letters〉 p.604~605

지금 스페인의 라코루냐에서 교정지를 기다리고 있네. 지금쯤 도착해야 하는데, 목이 빠지게 기다리고 있다네. 내가 썼던 그 피비린내 나는 끔찍한 글을 꼭 읽어야 해. 앞으로 새로운 글을 쓰기 위해서 지금까지 글을 써 왔다고, 스스로를 설득하기 위해서라네. 이런 기분 자네도 알걸세.

바클리 맥키 헨리에게, 1927. <서간 선집Selected Letters> p.254

글쓰기 방법에 관해 정해진 규칙은 없습니다. 때론 쉽게 완벽한 글을 쓰게 되는 경우가 있는가 하면, 바위에 구멍을 뚫어 화약을 넣고 폭파시키는 것처럼 어려울 때도 있지요.

찰스 푸레에게(<ERNEST HEMINGWAY : THE HEMINGWAY READER>라는 책의 편집자이자 뉴욕타임스 서평가), 1953. <서간 선집Selected Letters> p.800~801

찰리, 그 어떤 것에도 미래는 없습니다. 당신도 같은 생각이기를 바랍니다. 그래서 나는 전쟁터에 있는 것을 좋아하죠. 매일 밤낮으로, 죽임을 당해 더 이상 글을 쓰지 않아도 될 가능성이 아주 높으니까요.

돈이 되든 안 되든 행복해지기 위해서 글을 써야 합니다. 이건 타고난 병이죠. 나는 글쓰기가 좋아요. 이건 더 나쁩니다. 그 병은 이제 나쁜 습관이 되어 버렸습니다. 지금까지 글을 써 왔던 그 누구보다 더 잘 쓰고 싶습니다.

그래서 글쓰기가 집착이 되어 버렸어요. 집착이란 끔찍한 것입니다. 당신에겐 집착 같은 것이 없기를 바랍니다. 제게 남은 건 오직 집착뿐입니다.

찰스 스크리브너에게(헤밍웨이와 피츠제럴드 등의 책을 출간한 '찰스 스크리브너스 선즈' 출판사 사장), 1940 <서간 선집Selected Letters> p.503~504

잘 아시겠지만 소설, 아니 산문이 글쓰기 중에서 가장 어려운 일일 겁니다. 참고 문헌, 다시 말해 오래된 중요한 문헌 같은 게 없다는 말입니다. 그저 백지, 연필 그리고 사실보다 더 사실적인 이야기를 만들어내야 한다는 의무감이 전부입니다.

있을 법하지 않은 소재를 찾아내 완벽하게 있을 법하고 흔한 이야기로 만들어내야 하고, 또한 평범하게 보이도록 해야 합니다. 그래야 그 이야기가 글을 읽는 사람의 경험이 될 수 있으니까요.

버너드 베런슨에게, 1954. <서간 선집Selected Letters> p.837

"글쓰기가 가치 있는 일이라 생각합니까? 그 자체가 목적이 될 수 있을까요?"

"오, 그럼요."

"확신하십니까?"

"확신하고 말고요."

"그렇다면 참 즐거운 일이겠군요."

"더할 나위 없지요."

나는 거듭 대답했다.

"글쓰기에 관련된 일들은 모두 즐겁습니다."

<아프리카의 푸른 언덕Green Hills of Africa> p.26

그는 항상 헬렌의 상태가 좋지 않을 때 작업 능률이 최고조에 달했다. 그만큼의 불만과 불화가 필요했다. 그래야 글을 쓸 수밖에 없는 시간들이 생겼다. 의식적인 문제가 아니라 그저 연동 운동일 뿐이었다. 그러다 때론 그 어떤 글도 쓸 수 없을 것 같은 느낌이 들었지만, 조만간 또 다른 멋진 소설을 쓰게 되리라는 것을 내심 알고 있었다.

글쓰기는 무엇보다 재미있었다. 그것이 글을 쓰는 진짜 이유였다. 전에는 그 사실을 깨닫지 못했다. 의식의 문제가 아니었다. 다만 글쓰기가 굉장한 즐거움이었고, 그 무엇보다 자극적인 일이었기 때문이다.

<닉 애덤스 이야기The Nick Adams Stories>(1972년 발간된 헤밍웨이의 단편 모음집이다. 헤밍웨이 사후에 출판된 다른 작품과 마찬가지로 작가의 의도와는 다른 방식으로 재편집되었다는 평가를 받는다. 총 24편 중 8편의 미공개작이 수록되어 있다) p.238

아버지, 이번 여름 낚시는 어떠셨나요? 편지 보내주셔서 정말 기뻤습니다. 자주 답장을 못해서 정말 죄송해요. 먹고살기 위해 글을 쓰다 보니 편지 쓸 여력이 없었습니다.

Dr. C.E. 헤밍웨이 박사에게(헤밍웨이의 아버지로 의사였다), 1935 <서간집Selected Letters> p.81

무엇에 관해 쓸 것인가?

시베리아 유배가 도스토옙스키라는 작가를 만들었다.

쇠를 두드려서 칼을 만들듯, 작가는 부당한 일로 단련이 되어 만들어진다.

<아프리카의 푸른 언덕Green Hills of Africa> p.71

제가 금기 사항으로 여기는 것은 단 하나, 어떤 것도 반복하지 않겠다는 겁니다. 그래서 저의 신작 소설은 거의 인기가 없습니다. 사람들은 늘 지난번과 비슷한 이야기를 원하니까요.

맥스웰 퍼킨스에게, 1932. <서간 선집Selected Letters> p.377

어떤 책의 잘된 부분은 작가가 운 좋게 귀동냥한 이야깃거리일 가능성이 있네. 아니면 작가 자신의 고된 일생의 잔해일 수도 있지. 이 두 가지 중 어느 것이 더 낫다고 할 수는 없어.

스콧 피츠제럴드에게(헤밍웨이가 3살 더 어리지만 둘은 동시대 작가로서 자주 서신을 주고받았다), 1934. <서간 선집Selected Letters> p.305

개인적인 비극은 잊어버리게. 우리 모두 애초부터 실패한 인생이네. 특히 자네는 지독하게 상처를 입어야 진지하게 글을 쓸 수 있을 걸세. 지독한 상처를 입으면 그걸 활용하게. 숨기려 들지 말고.

과학자처럼 그 상처를 있는 그대로 드러내게. 자네 자신이나 자네 가족들에게 생긴 상처라고 해서, 그걸 특별히 중요하다고 생각해서는 안 되네.

스콧 피츠제럴드에게, 1934. <서간 선집Selected Letters> p.408

진짜 웃기는 책을 쓰기 위해서는 정말 많은 벌을 받아야만 한다.

윌리엄 스미스 주니어에게, 1924. <서간 선집Selected Letters> p.139

남자들은 이야기를 전달할 줄 모릅니다. 왜 그런지 아세요? 멍석을 깔아 주면 이야기를 꺼내질 못하기 때문이죠. 할 이야기가 있다면 그걸 전달하는 건 어렵지 않아요. 사람들이 믿어 주지 않을지 모르지만, 있는 그대로 솔직하게 이야기하면 됩니다.

물론 작가는 이야기에 살을 붙여야 합니다. 하지만 반드시 자신이 알고 있는 범위 안에서 지어낸 이야기여야 합니다.

찰스 스크리브너에게, 1949. <서간 선집Selected Letters> p.678

내가 이룬 성공은 모두 내가 아는 것에 관한 글을 써서 이룬 것들입니다.

맥스웰 퍼킨스에게, 1928. <서간 선집Selected Letters> p.273

나는 그 이층 방에서 내가 알고 있는 것 한 가지당 단편 하나씩을 쓰기로 결심했다. 글을 쓸 때마다 이렇게 하려고 노력했다. 그건 엄격하고 효과적인 훈련 방법이었다.

<이동 축제일A Moveable Feast> p.12

자기가 쓸 수 있는 것에 대해 쓰고 그것을 실천하기 위해 노력하는 것이, 획기적인 여론 조사 따위를 벌이는 것보다 낫다고 생각합니다. 정말로 위대한 소설을 썼던 소설가들의 나이가 몇이었는지 생각해보십시오.

맥스웰 퍼킨스에게, 1926. <서간 선집Selected Letters> p.229~230

나도 비행기에 관한 글을 쓸 수 있을 만큼 글을 잘 쓸 수 있으면 좋겠습니다. 포크너는 〈파일론〉에서 비행기에 관한 이야기를 아주 잘 썼지요.

하지만 다른 작가가 썼던 이야기를 해서는 안 됩니다. 그들이 아니었다면 당신이 썼을 수도 있는 이야기라도 말입니다.

하비 브레이트에게, 1956. <서간 선집Selected Letters> p.863

저는 전쟁에 관한 소설들을 통해 전쟁의 모든 단면을 보여주려고 했습니다. 이야기를 서서히 전개하면서 전쟁을 매우 다양한 각도에서 관찰하고 솔직하게 묘사했습니다. 그러나 한 편의 소설이 제 관점을 다 드러내 보여준다고 생각하지 마십시오. 그렇게 보기에 전쟁은 너무나 복잡다단합니다.

우리는 전쟁이 나쁘다는 것을 압니다. 때론 싸워야 할 경우도 있지만 그래도 전쟁은 나쁜 것이며, 그렇지 않다고 말하는 사람이 있다면 거짓말하는 겁니다. 하지만 전쟁은 매우 복잡해서 진실하게 써내려 가기가 무척 어렵습니다.

예를 들어 단순히 개인적인 경험을 바탕으로 보면 제가 젊었을 때 이탈리아에서 전쟁을 겪을 때는 두려움이 매우 컸지요. 하지만 스페인 전쟁에 참전했을 때는 2주쯤 지나고부터는 두려움이 전혀 없어졌고 굉장히 행복했어요.

하지만 제가 다른 사람들의 두려움을 이해하지 못하거나 두려움의 존재를 부인한다면 형편없는 글을 쓰게 될 것입니다.

이제야 저는 모든 것을 더욱 잘 이해하게 되었습니다. 저는 탈영병과 전쟁 영웅, 겁쟁이와 용감한 사람, 배신자와 배신할 재목이 못되는 사람들이 두루두루 이해하는 글을 쓰고 싶습니다. 우리는 그 모든 사람들에 관해 많은 것을 알게 되었으니까요.

이반 카쉬킨에게, 1939. <서간 선집Selected Letters> p.480

내전은 작가에게 최고의 전쟁이며 가장 완벽한 전쟁이다. 스탕달은 전쟁을 목격했고, 나폴레옹은 그에게 글을 쓰도록 가르침을 주었다. 당시 나폴레옹은 모든 이에게 가르침을 주었다. 하지만 다른 이들은 배우지 못했던 것이다.

<아프리카의 푸른 언덕Green Hills of Africa> p.71

톨스토이에 대해 생각했다. 그리고 전쟁 경험이 작가에게 얼마나 굉장한 이점인가에 대해서도 생각했다. 전쟁은 중요한 주제 가운데 하나이며, 진실하게 쓰기에 가장 어려운 주제임이 분명하다.

전쟁을 겪어보지 못한 작가들은 언제나 그 주제에 심한 질투심을 느낀다. 그래서 그것을 중요하지 않거나, 비정상적이거나, 건전하지 않은 주제로 치부해 버리려고 애쓴다. 하지만 실제로 그들은 다른 무엇과도 바꿀 수 없는 것을 놓치고 있음을 잊지 말아야 한다.

<아프리카의 푸른 언덕Green Hills of Africa> p.70

자네한테 주제의 중요성에 관한 짧은 에세이를 한 편 써 주면 어떨까?

자네가 전쟁을 겪어보지 못했다고 속상해하는 이유는 아마 전쟁이 최고의 소재이기 때문일 걸세. 가장 많은 소재가 결집해 있고, 인물들의 행동에 긴박감을 더해주며, 보통 평생을 기다려야만 얻을 수 있는 소재들을 모두 보여주니까.

〈3명의 병사〉가 멋진 책이 될 수 있었던 것은 전쟁 덕분이네. 〈밤의 거리〉가 엉망이 된 것은 보스턴 때문이었지. 두 책 모두 잘된 작품이니 내 말이 다 틀렸다고 말하는 자네 목소리가 들리는 듯하네. 어쩌면 내 생각이 틀렸을 수도 있지.

사랑 역시 좋은 주제일세. 자네도 이것에는 통달했다는 얘길 들을지도 모르지. 또 다른 주요 주제는 부자도 만들고 가난뱅이도 만들어내는 돈이라네. 그리고 탐욕이지. 훈계나 해대는 신사 양반들은 이제 한물갔어.

꼭 짚고 넘어가야 할 진부한 주제는 무기력이지. 하지만 살인은 좋은 소재일세. 다음 책에는 근사한 살인 이야기를 집어넣고 뒷짐이나 지고 앉아 기다리게나.

스콧 피츠제럴드에게, 1925. <서간 선집Selected Letters> p.176~177

지금 우리가 살고 있는 이 시대에는 어찌나 많은 흥미진진한 일들이 일어나는지요. 그래서 산전수전 다 겪은 사람이 현재를 떠나 허구의 과거로 돌아가기가 어렵지요. 과거를 아주 멋지게 반영해내지 못한다면 말입니다.

찰스 스크리브너에게, 1947. <서간 선집Selected Letters> p.631

세상에서 가장 어려운 일은 인간에 관해 있는 그대로 솔직하게 쓰는 것이다. 먼저 그 주제에 대해 알아야 하고, 그다음엔 어떻게 써야 할지 알아야 한다.

그런데 이 두 가지를 배우는 데 평생이 걸린다.

기사 작성 : <어니스트 헤밍웨이By Line : Ernest Hemingway> p.183

부인, 모든 이야기는 한참 진행되다 보면 결국 죽음으로 끝이 납니다. 그러니 죽음을 이야기하지 않는 작가는 진정한 이야기꾼이라 할 수 없겠지요.

<오후의 죽음Death in the Afternoon> p.122

등장인물

이 이야기 속 등장인물 대부분은 현존하는 인물들입니다. 그래서 그들이 누군지 알아채지 못하게 하기 위해 아주 조심스럽게 글을 쓰고 있습니다.

알프레드 라이스에게(헤밍웨이를 변호했던 유명한 변호사), 1953. <서간 선집Selected Letters> p.820

소설을 쓸 때 작가는 살아있는 사람을 창조해야 한다. 등장인물이 아닌, 사람 말이다. 등장인물은 희화에 불과하다. 작가가 사람들을 살아 움직이게 한다면, 그 책에는 위대한 인물이 하나도 없을 수 있다. 하지만 그의 책은 통일성을 지닌 실체, 소설로 존재할 것이다.

작가가 창조한 사람들이 과거의 거장들, 이를테면 음악, 미술, 문학, 과학 분야의 거장에 관해 이야기한다면 소설 속에서도 그런 주제에 관해 이야기를 해야 한다. 그런 주제에 관해 이야기하지 않으면서, 그 분야의 거장들에 관한 이야기를 하게 만든다면 작가는 거짓을 말하는 거다. 그리고 작가가 얼마나 많이 알고 있는지 드러내기 위해 그런 이야기를 한다면 그건 허세를 부리는 것이다.

작가가 제아무리 문장과 직유법에 뛰어나다고 해도 꼭 필요하지 않은 대목에서 적절하지 않게 그런 것들을 남발한다면 허세로 작품을 망치는 것이다.

산문은 건축이지 실내 장식이 아니다. 그리고 바로크 양식은 한물갔다. 헐값에 에세이로나 팔아야 할 작가 자신의 지적 사유를 인위적으로 만들어진 등장인물의 입을 빌어 표현하는 것은 경제적으로 도움이 될지 몰라도 문학이 될 수는 없다.

소설 속의 인물은 정교하게 묘사될 때 더욱 가치가 올라간다. 소설 속의 사람들은 작가가 소화한 경험, 지식, 머리, 가슴 등 작가가 가진 모든 것을 반영해야 한다. 진지하고, 운도 따라주는 작가가 그런 것들을 전부 끌어낸다면 한 차원 높은 글을 얻어 낼 것이며, 작가로서의 수명은 오래 이어질 것이다.

<오후의 죽음Death in the Afternoon> p.191

이 작품, 〈밤은 부드러워〉스콧 피츠제럴드의 장편소설, 신경쇠약에 걸린 아내와 자신의 음주벽으로 파탄에 이르렀던 자신의 사생활이 반영된 소설로 알려져 있다가 마음에 들기도 하고 안 들기고 하네. 사라와 제럴드에 대한 묘사는 환상적일세. 그리고는 그 두 사람을 우스꽝스럽게 만들기 시작했지. 두 사람의 과거가 아닌 것을 과거로 만들어서 다른 사람으로 바꿔 버렸지. 스콧, 그럴 수는 없어. 실제 인물을 택해서 그들에 대한 글을 쓴다면 실제 그들의 부모가 아닌 다른 사람을 부모로 만들어서는 안 되네등장인물의 됨됨이는 부모와 그 인물에게 일어난 사건으로 결정되니까.

그리고 실제 인물들이라면 절대로 하지 않을 일을 하게 만들어서는 안 되네. 나, 젤다, 폴린, 헤들리첫째 부인, 사라, 제럴드 그 누구라도 등장인물로 만들 수 있다네. 하지만 우리와 같은 품성을 유지해야 하고, 우리가 할 만한 일을 하게 해야 하네. 사람을 영 딴 인물로 만들 수는 없지. 창작은 참 근사한 일이지만, 실제로 일어나지 않을 것 같은 일을 꾸며낼 수는 없다네.

우리가 최선을 다해야 할 일이 바로 이것일세. 모두 꾸며낸 이야기지만 나중에 진실이 되게 만드는 것 말일세.

자네가 마음대로 사람들의 과거와 미래를 만들어낸다면 그건 진정한 인물이 아니라 기막히게 훌륭한 가짜에 지나지 않지. 그 누구보다 좋은 재능을 가진 자네가 재능을 그렇게 썩히다니 제발, 그런 짓은 걷어치우게. 스콧, 부디 그 누가, 그 무엇이 상처를 입든 개의치 말고 진실한 글을 쓰게. 말도 안 되는 타협은 그만두라는 말일세.

일례로 자네가 제럴드와 사라에 대해 충분히 알고 있다면 그들에 관해 훌륭한 책을 쓸 수 있을 걸세. 그 내용이 진실이라면 당사자들도 아무런 감정 없이 그저 눈감아 줄 걸세.

스콧 피츠제럴드에게, 1934. <서간 선집Selected Letters> p.407

맥은 늘 그런 식이다. 그의 작업은 삶에 지나치게 밀착되어 있다. 작가는 삶을 소화시켜서 자신만의 인물을 창조해야 한다. 하지만 맥은 재능이 있다.

이야기 속의 닉은 절대로 맥이 아니다. 닉은 맥이 만들어낸 인물이다. 물론 맥은 인디언 여자가 아이를 낳는 것을 본 적이 없다. 바로 그런 점 때문에 이 작품이 훌륭하다는 것이다.

그 누구도 맥이 직접 경험한 바가 없다는 사실을 알지 못한다. 맥이 카라가치로 가는 길에 아기를 낳는 여자를 보고 도와주려 했던 적은 있다. 세상일은 그렇게 돌아갔다.

<닉 애덤스 이야기The Nick Adams Stories> p.238

요점은 이렇습니다. 오크파크헤밍웨이가 태어나서 자란 곳에 관해서 훌륭한 소설을 쓸 수 있었지만, 저는 절대로 그 소설을 쓰지 않았다는 겁니다. 그곳에 살고 있는 사람들에게 상처를 입히고 싶지

않아서지요. 아버지가 총으로 자살한 이야기나 어머니가 그를 자살하도록 몰고 갔다는 이야기로 돈을 버는 것은 사람의 도리가 아니라고 생각합니다.

톰 울프는 자신의 삶에 대해 미사여구가 가득한 글만 씁니다. 저는 알 수만 있다면 이 세상 전부에 관해 쓰고 싶습니다. 내가 실제 있었던 일에 관한 단편들을 쓰기 시작했을 때, 그중 두 편이 사람들에게 상처를 주었습니다. 마음이 좋지 않았어요. 그래서 나중에는 실제 인물로 글을 쓴다고 하면 존경할 가치가 전혀 없는 인물만을 선택해서 제대로 한 방 먹이려고 했습니다.

이렇게 말하면 참 고상하게 들릴 거라는 걸 압니다. 하지만 그렇게 실없는 소리가 아닙니다. 〈태양은 다시 떠오른다〉에서 콘으로 등장했던 실제 인물헤럴드 로브, 1920년대 파리에서 활약한 예술가. 부편집자. 헤밍웨이의 권투 스파링 파트너였다은 내게 이런 말을 했어요.

"그런데 왜 항상 나를 울게 만들었어요?"

"이봐, 그게 자네라면 소설 속의 화자는 나일 수밖에 없겠군. 내가 양심의 가책 같은 게 하나도 없는 사람이라고 생각하는 건가? 아니면 우리가 싸우면 내가 자네를 묵사발을 만들지 못할 사람이라고 생각하나? 같이 권투를 해본 적이 있으니 잘 알 거 아닌가. 그리고 내가 비밀을 하나 알려 주지. 자네는 남자치고 상당히 잘 우는 편이야."

자, 그럼 오크파크 얘기로 되돌아가 봅시다. 내 생전에 나의 가족사를 파헤치고 다니는 일이 학자로서 당신의 의무라고 생각하니 말입니다. 오크파크에 있는 사람들은 그 누구도 나를 좋아하지 않을 겁니다. 내 친한 친구들은 죽었거나 그 고장을 떠났습니다. 나는 오크파크를 잃어버린 고향으로 생각하고 절대 표적으로 삼지 않았습니다. 자기 고향에 폭탄을 투하할 사람은 없을 겁니다. 안 그런가요? 그곳이 예전 내가 살던 때와 전혀 다른 모습이 되었더라도 말입니다.

당신이 우리 가족과 그 밖의 것들을 조사하면 그건 내 사생활을 침해하는 것입니다. 그리고 이미 저는 정지 명령을 내린 바 있습니다. 윤리나 선의에 대한 그 어떤 침해에 대해서도 방어적 해석이 있습니다. 내가 만약 오크파크에 관한 글을 썼더라면, 그 고장을 연구하는 것이 의미가 있을 겁니다. 하지만 나는 오크파크에 관해서는 쓰지 않았습니다.

찰스 펜턴에게(헤밍웨이의 초기 생활에 관한 책 <The apprenticeship of Ernest Hemingway>를 썼다), 1952. <서간 선집Selected Letters> p.764

스타 지의 서평을 동봉해서 보내주신 편지 잘 받았습니다. 의사 이야기가 마음에 드셨다니 기쁩니다. 딕 볼튼과 빌리 테이브쇼는 실제 인물로, 실명을 그대로 썼습니다. 그 사람들이 '트랜스애틀랜틱 리뷰' 지를 읽을 일이 없기 때문이죠.

미시건 시골 지역에 관한 이야기는 수없이 써 왔습니다. 시골 풍경에 관한 이야기는 모두 사실입니다. 하지만 그 안에서 벌어지는 일들은 모두 창작입니다.

Dr. C. E. 헤밍웨이 박사께, 1925. <서간 선집Selected Letters> p.153

찰리, 1차 세계대전에서 내가 주로 했던 일은 사람들의 이야기를 듣는 것이었다는 사실을 기억하게. 주로 병원과 요양원에서 그랬지. 직접 겪은 것보다 그들의 경험이 더 생생했다네. 자신의 경험과 그들의 이야기 속 경험을 모두 동원해서 이야기를 만들어

낼 수 있었지. 자기가 아는 시골 풍경이며 날씨, 다 그랬네.

전선 전체의 이야기나 일부 작전 지역에 대해 50,000분의 1 축적 지도를 얻는 거지. 그중 하나에 관해 자세한 이야기를 들을 수 있다면 5,000분의 1 지도를 가지게 되는 거지. 그러고 나면 다른 사람의 경험과 지식 그리고 내가 알고 있는 바를 토대로 이야기를 만들어내는 걸세. 그러면 어떤 빌어먹을 작자가 나타나서 작가가 특정 전투에 참여한 적이 없다는 걸 증명해내지.

그래, 톨스토이 박사님은 세바스토폴리에는 있었지만 보로디노에는 없었다네. 그 당시에는 일을 시작하지도 않고 있었지. 하지만 톨스토이는 자신이 알고 있는 것을 통해서 우리 모두가 그 빌어먹을 세바스토폴리에 있었던 것처럼 꾸며낼 수 있었던 거지.

찰스 푸레에게, 1953. <서간 선집Selected Letters> p.800

최선은 아니겠지만, 실제 인물에 관한 이야기를 쓸 때는 전화번호와 주소를 제외하고는 그 사람을 그대로 만들어야 합니다. 그

것이 실제 인물에 관한 이야기를 쓰는 것을 정당화할 수 있는 유일한 방법입니다. 매컬몬미국의 작가, 시인 겸 출판업자이 항상 하는 방식입니다. 그리고는 인물을 알아볼 수 없도록 흐릿하게 만듭니다. 그는 화가는 아니지만 대부분의 경우 독자들에게도 인물을 흐릿하게 보이게 만들지요.

어니스트 월시에게(쿼터 지의 편집자. 헤밍웨이를 격려하고 출간을 도왔다), 1926. <서간선집Selected Letters> p.186~187

자 이제 한 가지를 눈여겨보게. 3권에서〈율리시스〉 완벽한 인물들을 놓치고 지나치는 일이 없도록 하게. 조이스를 살린 건 스티븐 디덜러스가 아니라 블룸과 블룸 부인이라는 걸 기억하게.

사이비 작품이 위대한 문학 작품으로 탈바꿈하는 걸 막을 수 있는 유일한 요소는 완벽한 인물이라네. 고상한 공산주의자를 묘사할 거라면 그 역시 자위를 하고, 고양이처럼 질투를 할 수도 있다는 사실을 기억하게.

등장인물도 인간이고, 인간 그 자체가 되어야지 무슨 상징이 되어서는 안 되네. 인류가 경제 체제보다 더 오래되었다는 사실을 확실히 기억하게.

존 도스 패서스에게(헤밍웨이 등을 비롯한 1920년대 미국의 대표적인 소설가 그룹의 일원), 1932. <서간 선집Selected Letters> p.354

자네가 알고 있는 것으로부터 이야기를 만들어 글을 써야만 하네. 그리고 인물들의 전력前歷에 일관성이 유지되어야 하지.

스콧 피츠제럴드에게, 1934. <서간 선집Selected Letters> p.407

〈무기여 잘 있거라〉에 나오는 모든 사건과 표현들은 내가 지어낸 것이지만, 서너 가지 사건은 예외입니다. 하지만 가장 뛰어난 부분은 모두 창작이지요. 선SUN 지에 기고한 글의 95%도 순전히 상상에서 나온 것입니다. 그 글에서 저는 실제 인물을 취해서 그들의 행동을 통제했어요. 모두가 제가 창작한 겁니다.

맥스웰 퍼킨스에게, 1933. <서간 선집Selected Letters> p.400

작가들은 작품에 푹 빠져 있지요. 하지만 그렇게 간단하지만은 않습니다. 필립 영미국의 비평가 씨에게 〈태양은 다시 떠오른다〉의 탄생 과정을 예로 들어 이야기할 수도 있었습니다.

그 이야기는 개인적인 경험에 시작되었습니다. 언젠가 부상을 당했을 때 상처를 쌌던 양모 천에 감염되어 음낭까지 염증이 퍼졌던 적이 있었죠. 그 경험으로 인해 생식기에 부상을 입은 남자들을 알게 되었습니다. 성기는 잃고 고환과 정자는 그대로 남아 있는 상태가 되면 그 남자의 삶은 어떻게 될까 궁금해졌지요. 정말 그런 일을 당한 남자를 알았던 적도 있고요.

그래서 그 남자를 모델로 파리 주재 특파원으로 만들어 이야기를 지어냈지요. 자기를 사랑하는 누군가와 사랑에 빠졌는데, 두 사람이 할 수 있는 일이 아무것도 없을 때 그 남자가 어떤 난관을 겪어야 할지 정말로 알아내고 싶었거든요.

토마스 블레드소에게(편집자. 필립 영의 작품을 편집했다), 1951. <서간 선집Selected Letters> p.745

어떤 이야기는 완전히 있는 그대로를 썼습니다. 〈와이오밍의 포도주〉, 편지 형식의 글 〈한 독자의 편지〉, 〈하루 동안의 고통스런 기다림〉 그리고 브라에게 일어났던 일을 고스란히 옮겨 적은 작품 〈폭풍 후〉, 〈여왕의 어머니〉, 〈도박사와 수녀와 라디오〉 등.

반면에 내가 완전히 지어낸 이야기도 있지요. 〈살인자〉, 〈흰 코끼리 같은 산〉, 〈패배를 모르는 사나이〉, 〈오만 달러〉, 〈바다의 변화〉, 〈단순한 심문〉 등.

그렇지만 아무도 내가 완전히 지어낸 이야기가 어떤 것인지 구별

할 수 없을 겁니다.

중요한 것은 내 이야기가 모두 정말 일어났던 일처럼 들리기를 바란다는 말이죠. 내가 원하는 대로 된다면 저 성가신 얼간이들은 그 이야기들이 전부 사실을 보고하는 글이라고 말할 테지요.

맥스웰 퍼킨스에게, 1933. <서간 선집Selected Letters> p.400

헤들리가 등장하는 유일한 소설은 〈철 지나서〉일세. 이 소설은 일어났던 일을 그대로 글로 옮겨 놓은 것이라네. 어떤 종류든 잡음 때문에 기분이 상해 있을 때 사람들의 귀는, 아니 내 귀는 항상 더욱 예민해지지. 나는 낚시 여행에서 빈손으로 돌아와서 타자기에 앉아 바로 그 이야기를 써내려 갔네. 구두점도 없이 말일세.

스콧 피츠제럴드에게, 1925. <서간 선집Selected Letters> p.180

생략해야 할 것들

산문 작가가 자신이 쓰고 있는 것에 대해 잘 알고 있다면 자신이 아는 것을 생략할 수 있다. 작가가 정말로 진실한 글을 썼다면 독자는 작가가 경험했을 때만큼 강렬한 감정을 느낄 수 있다.

빙산의 움직임이 지닌 장엄함은 10%에 해당하는 부분만 수면 위로 떠올라 있다는 데 있다. 하지만 작가가 몰라서 생략하는 경우에는 글에 빈 공간만 생길 뿐이다.

<오후의 죽음Death in the Afternoon> p.192

언제나 너무 많이 쓰려고 하는 유혹에 시달립니다. 하지만 쓸데없는 말들을 쳐내야 하는 교열 작업을 하지 않기 위해서, 그 충동을 잘 통제하고 있지요. 타자기를 붙잡으면 멈출 줄을 모른다며 스스로를 천재라고 생각하는 사람들을 흔히 볼 수 있습니다. 거짓된 문체를 구사하면 얼마든지 많은 글을 쓸 수 있지요.

맥스웰 퍼킨스에게, 1940. <서간 선집Selected Letters> p.501

이 점 역시 기억해야 한다. 의문의 여지없이 명백하게 글을 쓴다면 누구나 그가 거짓말을 하는지 아닌지 알 수 있다. 직설적인 표현을 피하기 위해 글을 애매하게 쓰는 것은 그 방법 외에는 얻을 수 없는 효과를 얻기 위해서다. 소위 말하는 구문론이나 문법을 파괴하는 것과는 전혀 다른 얘기다.

글을 애매모호하게 쓸 경우 작가는 가짜로 알려지기까지 더 오랜 시간이 걸리고, 똑같은 필요성을 느끼는 다른 작가들이 자기 방어를 위해 그를 칭송할 것이다.

진정한 신비주의와 글쓰기 능력이 부족한 것을 구분하지 못하고 혼동해서는 안 된다. 글쓰기 능력이 부족한 경우에는 전혀 신비할 것이 없는 데서 신비화 전략을 사용한다. 실상은 분명하게 쓸 능력이 없거나 지식이 없는 것을 감추기 위해 그렇게 할 뿐이다.

신비주의는 불가사의하고 알 수 없는 일을 의미한다. 세상에는 많은 신비가 있다. 하지만 능력 부족으로 쓴 애매모호한 글들은 신비롭고 불가사의한 일이 아니다. 사이비 서사적 특질을 주입하여 부풀려진 저널리즘 역시 문학이 될 수 없다.

<오후의 죽음Death in the Afternoon> p.54

녹새치가 짝짓기 하는 모습을 본 적이 있고, 그에 대해 잘 압니다. 그래서 그 내용을 생략했지요. 같은 바다에서 50여 마리의 향유고래 무리혹은 고래 떼를 보았고, 그중 한 마리에게 거의 18m 정도 되는 작살을 박아 넣었다가 놓친 적도 있었습니다. 그래서 그 부분과 어촌

에서 알게 된 이야기도 모두 생략했습니다. 하지만 그런 지식들이 빙산의 수면 아래 부분을 이루지요.

조지 플림프턴, "어니스트 헤밍웨이와의 인터뷰An Interview with Ernest Hemingway." <파리 리뷰The Paris Review 18> 1958 봄호

나는 햇살이 어깨 위로 내려앉는 카페의 한쪽 구석에 앉아 공책을 펴고 글을 썼다. 종업원이 커피를 가져다주었다. 커피를 반쯤 마시고, 식어 버린 커피를 테이블에 내려놓고 다시 글을 썼다.

글쓰기를 멈췄는데도 물속에서 송어가 노니는 게 보이는 강을 떠나고 싶지 않았다. 통나무를 엮어 만든 다리가 수면에 부딪혀 물결이 조용히 밀려왔다가 밀려나갔다. 이야기는 전쟁에서 돌아온 사람에 관한 것이었지만 정작 전쟁에 관한 언급은 하나도 없었다.

<이동 축제일A Moveable Feast> p.76

게티즈버그 연설문이 짧은 것은 우연이 아니지요. 산문 글쓰기의 법칙은 수학, 물리학, 비행의 법칙처럼 변하지 않는답니다.

맥스웰 퍼킨스에게, 1945. <서간 선집Selected Letters> p.594

〈철 지나서〉는 매우 단순한 이야기다. 그리고 실제 사건의 마지막 부분은 생략했는데 노인이 목을 매달아 죽는 이야기였다. 그 부분은 내가 새로 세운 이론을 근거로 생략했다.

그건 작가가 무엇을 생략했는지 알고 있고, 생략된 부분이 이야기에 더욱 힘을 실어 주고, 독자가 이해했던 것 이상을 느끼게 해준다면 무엇이든 생략할 수 있다는 이론이다.

<이동 축제일A Moveable Feast> p.75

10만 단어 정도를 버렸습니다. 남은 글의 대부분이 그보다 못합니다〈가진 자와 못 가진 자〉. 세상에서 가장 많이 잘려 나간 책일 것입니다. 이 책에는 디킨즈 박사의 작품에서 볼 수 있는 편리한 덕용 포장德用包裝, 내용물의 부피나 용량을 늘리거나 여러 개의 같은 상품을 한데 묶는 방식의 포장형 인물은 등장하지 않습니다.

릴리언 로스에게, 1948. <서간 선집Selected Letters> p.648~649

독자를 주눅들게 하는 책은 기념비적이긴 하지만 지루하지요. 기념비적인 책을 멀리하고 서사시를 피하세요. 거창하고 큰 그림을 그릴 수 있는 사람은 장엄하지만 별 볼 일 없는 그림도 충분히 그릴 수 있으니까요.

맥스웰 퍼킨스에게, 1932. <서간 선집Selected Letters> p.352

지난주에 라이프 지에 기고할 원고를 3만에서 4만 단어 정도로 줄이는 것을 도와주려고 에드 호치너헤밍웨이와 오랜 친구, 작가가 왔습니다. 하지만 내용을 훼손하지 않는 범위 내에서 최대한 줄일 수 있는 건 7만 단어까지였습니다. 내 글 뿐 아니라 심지어 인용, 발췌문들도 잘라내기가 쉽지 않았어요.

나는 글을 쓸 때 이미 많이 쳐내고 모든 것들이 서로 연관되어 있기 때문에, 이 글에서 시골과 사람들을 삭제하는 것은 〈태양은 다시 떠오른다〉에서 그 부분을 삭제하는 것과 같습니다.

찰스 스크리브너 3세에게, 1960. <서간 선집Selected Letters> p.905

계약서에는 삭제에 관해서만 언급하고 있지만 내 승인 없이 표현을 바꾸는 일이 없어야 한다는 것으로도 이해하셨으리라 믿습니다. 이야기가 상당히 긴밀하게 구성되어 있고 연결 구조가 탄탄해서, 표현을 바꾸는 것이 전체 이야기의 핵심을 흐려 버릴 수 있기 때문입니다. 그것이 저뿐만 아니라 출판사에도 중요한 보호 장치가 될 것입니다.

호레이스 리버라이트에게(미국의 출판업자이자 공연제작자), 1925. <서간 선집Selected Letters> p.154

톨스토이처럼 글을 쓸 수도 있고 책을 더 장엄하게 더 지혜롭게, 그 밖에 어떻게든 보이게 할 수 있지요. 헌데 내가 톨스토이 작품에서 늘 지나쳤던 부분이 그런 부분들이었던 걸로 기억합니다.

나는 하나님처럼 글을 쓰고 싶지 않습니다. 비평가들이 내가 그런 글을 쓸 수 없다고 하는 것은 그런 글을 한 번도 쓰지 않았기 때문일 뿐이죠.

맥스웰 퍼킨스에게, 1940. <서간 선집Selected Letters> p.514~515

제목

지금 단편집의 제목을 생각하고 있는 중입니다. 시간만 충분하다면 언제나 좋은 제목을 얻을 수 있죠. 가장 큰 문제는 늘 좋은 제목이 너무 많아서 가장 적합한 제목을 골라내는 데 시간이 걸린다는 겁니다.

아놀드 깅그리치에게(에스콰이어 잡지의 편집자이자 헤밍웨이 작품을 출간시킨 사람), 1933.
<서간 선집Selected Letters> p.386

제목으로 이건 어떤가요?

<누구를 위하여 종은 울리나>

소설

어니스트 허밍웨이 지음

내 생각에는 책 제목에 꼭 있어야 할, 마법의 힘이 깃든 제목인 것 같습니다. 발음하기가 아주 쉽진 않지만 어쩌면 책의 느낌을 쉽게 전해줄 수도 있죠.

그동안 삼십여 개의 제목을 두고 고민했습니다. 보면 볼수록 모두 그럴듯했습니다. 하지만 나를 위해 종을 울려 주었던 건, 이 제목이 처음입니다.

맥스웰 퍼킨스에게, 1940. <서간 선집Selected Letters> p.504

어떻게 지내고 있나? 〈남자만의 세계〉는 제목으로 어떨 것 같은가? 피츠, 제목이 전혀 떠오르질 않아. 전도서성경를 쭉 훑어보았는 데도 말일세. 퍼킨스가 책 제목을 하나 지어 달라고 하더군. 자네도 만난 적이 있을 걸세. 좀 특이하다고 생각했어. 정말 별난 자부심을 지닌 친구야! 그 친구가 책 제목을 지어 달라는 거야. 정말 특이하게도 그가 그러더란 말일세.

그래서 그 당시 크슈타트에 있던 나는 책 제목을 얻기 위해 성경책을 사려고 서점이라는 서점은 다 돌아다녔지. 하지만 그 빌어먹을 놈들이 파는 거라고는 조그만 갈색 목각 곰뿐이더군. 그래서 책 제목을 '〈작은 목각 곰 인형〉이라고 짓고 비평가들의 해석을 들어볼까?' 하는 생각도 잠시 해봤네.

다행히 전출 예정인 영국 성공회 신부가 있어서 폴린이 그 신부의 성경책을 빌려다 주었지. 글씨가 깨알 같더군. 그래서 피츠, 난 성경책을 샅샅이 훑어보았다네. 우연히 그 위대한 전도서를 찾아, 들을 사람은 모두 듣도록 큰 소리로 읽어 주었지.

집에 돌아와서 나는 그 빌어먹을 성경을 욕하기 시작했네. 안에 제목감이 하나도 없지 뭔가. 실제로 그동안 들어본 적이 있는 온갖 좋은 제목들의 출처를 몽땅 찾아내긴 했는데 다른 작가들, 특히 키플링이 나보다 먼저 좋은 제목은 싹쓸이를 해갔더군.

그래서 나는 이 책에 〈남자만의 세계〉라는 제목을 붙였다네. 남자 동성애자들과 바서 여대미국 뉴욕 시에 소재한 명문대. 당시는 여자대학이었다 졸업생들 사이에서라도 많이 팔려 나가길 바라는 마음에서 말일세.

스콧 피츠제럴드에게, 1927. <서간 선집Selected Letters> p.260

마사마사 겔혼, 헤밍웨이의 셋째 부인이자 전쟁 전문 기자. 1940년에 헤밍웨이와 결혼했다가 1946년에 이혼했다는 책제목 짓는 일에 매우 열심입니다1944년에 출간한 그녀의 다섯 번째 소설 〈리아나〉를 이야기하고 있다.

제목을 짓는 일은 포커 게임에서 카드를 뽑는 것과 아주 흡사합니다. 계속해서 카드를 뽑지만 모두 쓸모없는 것들이 나오지요. 하지만 아주 오랫동안 계속하다 보면 마지막에는 좋은 패가 들어오기 마련입니다.

그런데 마사는 아직까지 고전하고 있습니다. 오랜 세월 제목의 광맥을 파 들어가다 보니, 매년 좋은 제목이 줄어들기 때문입니다. 그래도 존 돈영국의 시인한테는 아직 근사한 제목이 좀 남아 있지요.

하지만 한 가족 안에서 두 사람이 그 훌륭한 광맥을 파 들어가다 보니, 서로를 의식하게 됩니다. 그러니 많은 사람들이 누가 써도 괜찮은 성경에서 훔쳐내는 것입니다. 제 생각에는 마사에게 전도서나 잠언을 파보도록 해야 할 것 같습니다. 그곳에는 아직 값진 보물들이 많이 묻혀 있으니까요.

맥스웰 퍼킨스에게, 1943. <서간 선집Selected Letters> p.547~548

제목에 관해 말하자면 저는 처음에 〈무기여 잘 있거라〉 이 제목을 제가 지었다고 생각했습니다. 하지만 콘 대령의 작품을 읽고 나서 보니 거기서 따온 것이더군요. 〈우리들의 시대〉도 마찬가지입니다. 제가 영국 성공회 기도서에서 따왔다는 사실을 에즈라 파운드가 발견했지요.

영화의 흥행이 가라앉고 나면 〈무기여 잘 있거라〉는 좋은 제목이 될 겁니다. 잘 있으라는 말은 제가 아는 영어 중에 가장 좋은 표현입니다. 그리고 '무기여'라는 말은 이 책에 과분할 정도의 울림을 주는 말입니다.

이 제목은 책에서 표현하는 전쟁보다 더 많은 것을, 더 효과적으로 보여줄 수 있을 겁니다.

아놀드 깅그리치에게, 1932. <서간 선집Selected Letters> p.378

다른 작가들

조금이라도 배울 거리가 있는 글을 썼던 사람이라면, 그 누구에게든 글쓰기에 관해 배워야 한다고 생각하네.

스콧 피츠제럴드에게, 1925. <서간 선집Selected Letters> p.176

자네는 필딩이나 그런 부류의 다른 이들보다 훨씬 더 훌륭한 작가일세. 이 사실을 반드시 알고 집필에 매진하도록 하게. 자네가 쓴 글은 다른 어떤 작가의 글보다 더 기억에 오래 남는다네.

현존하는 작가에 관해 지껄이는 개같은 글들은 읽지 말게. 항상 죽은 작가들을 목표로 최선의 글을 써야 하네. 그들이 어떤 위업을 이룩했는지위업이 아니라 어떤 연상력을 지녔는지 파악해서 한 명씩 한 명씩 무찔러야 하네.

윌리엄 포크너에게(헤밍웨이와 함께 잃어버린 작가 세대), 1947. <서간 선집Selected Letters> p.624p

"도스토옙스키에 관해 궁리를 해봤다."

내가 말했다.

"어쩌면 그렇게 형편없는 글, 믿기 어려울 정도로 형편없는 글을 써서 읽는 사람에게 깊은 감동을 줄 수 있는 걸까?"

<이동 축제일A Moveable Feast> p.137

미국의 모든 현대 문학은 마크 트웨인이 쓴 한 권의 책 〈허클베리 핀의 모험〉에서 비롯되었습니다. 그 책을 읽을 때 아이들이 검둥이 짐을 탈출시키는 장면에서 읽기를 멈춰야 해요. 그게 진짜 끝이거든요. 나머지 이야기는 그저 눈속임에 불과합니다.

그 책은 미국 최고의 걸작이고, 미국의 모든 글은 그 작품에서 비롯되었습니다. 그 이전에는 아무것도 없었고, 그 이후로도 그만큼 훌륭한 작품은 나오지 않았어요.

<아프리카의 푸른 언덕Green Hills of Africa> p.22

라 클로즈리 데 릴라 카페에서 그피츠제럴드가 훌륭하다고 생각하

는 소설들, 그리고 포스트 지에서 진짜 좋아하는 소설들은 어떤 것이며, 잡지 기고용 소설로 바꾸는 방법을 알려 주었다. 그는 팔리는 소설로 만들기 위해서 어떻게 비틀어 줘야 하는지도 정확히 알고, 기고용으로 바꾸는 법도 알려 주었다.

나는 그 얘기를 듣고 충격을 받아 그건 매춘과 같다고 했다. 그는 그것이 매춘이긴 하지만 잡지를 통해 돈을 벌 뿐더러 좋은 책을 쓰기 위해서는 먼저 돈이 필요하다고 했다.

나는 누구든 타고난 재능을 망가뜨리지 않고 최선을 다해 글을 쓰는 것 외에 어떤 방법으로도 글을 쓸 수는 없다고 믿었다. 그는 먼저 실제 이야기를 쓰기 때문에 자기처럼 마지막에 그 내용을 훼손하고 바꾼다고 해서 자신에게 해가 되지는 않는다고 했다. 나는 그 말을 믿을 수가 없으며 그렇지 않다고 논박하고 싶었다.

하지만 내 생각을 뒷받침해줄 소설이 필요했다. 그에게 증거로 보여주고 설득할 수 있는 소설 말이다. 하지만 나는 그런 소설을 아직 쓰지 못했다.

<이동 축제일A Moveable Feast> p.155~156

생쥐 : 작가는 어떤 책을 읽는 게 좋을까요?

Y.C. : 모든 것을 다 읽어야 해. 그래야 무엇을 딛고 일어서야 할지 알 수 있거든.

생쥐 : 그럼 어떤 책이 필요할까요?

Y.C. : 톨스토이의 〈전쟁과 평화〉, 〈안나 까레리나〉를 읽어야 하고 프레데릭 매리엇의 〈미드십맨 이지〉, 〈프랭크 마일드메이〉, 〈피터 심플〉을 읽어야 하네. 또 플로베르의 〈보바리 부인〉, 〈감정교육〉을 읽고 토마스 만의 〈부덴브로크 가의 사람들〉 조이스의 〈더블린 사람들〉, 〈젊은 예술가의 초상〉, 〈율리시스〉 그리고 필딩의 〈톰 존스〉, 〈조지프 앤드루스〉 스탕달의 〈적과 흑〉, 〈파르마의 수도원〉을 읽어야 해. 거기에 도스토옙스키의 〈카라마조프 가의 형제들〉과 그 외 두 작품, 마크 트웨인의 〈허클베리 핀의 모험〉, 스테판 크레인의 〈무갑판선〉, 〈블루 호텔〉 조지 무어의 〈환영과 작별〉 예이츠의 〈자서전〉도 읽도록 하게. 그리고 모파상의 모든 작품과 키플링의 훌륭한 작품들 전부, 투르게네프의 모든 작품과 허드슨의 〈머나먼 나라 아득한 옛날〉을 읽게. 헨리 제임스의 단편들도 읽어야 하는데 특히 〈마담 드 모브〉, 〈나사의 회전〉, 〈여인의 초상〉, 〈미국인〉…….

생쥐 : 그렇게 빨리 말씀하시니 다 적을 수가 없네요. 얼마나 더 남았죠?

Y.C. : 나머지는 다음에 말해주지. 지금껏 말한 것의 세 배는 더 있어.

생쥐 : 작가들은 그 모든 책을 다 읽어야 하나요?

Y.C. : 그 책들을 전부 읽고 나서도 훨씬 더 많이 읽어야 해. 그렇지 않으면 자신이 딛고 일어서야 할 것이 무엇인지 알 수가 없거든.

생쥐 : '딛고 일어선다'는 말씀은 무슨 뜻인가요?

Y.C. : 잘 들어보게. 예전에 쓰였던 책을 다시 쓰는 일은 아무 소용이 없어. 그것들을 딛고 일어서서 더 뛰어난 작품을 쓰기 전에는 말일세. 우리 시대의 작가들이 해야 하는 일은 이전에 단 한 번도 쓰이지 않은 것에 대해 쓰거나 죽은 이들이 이루어 놓은 것들을 딛고 일어서는 것이지. 작가로서 잘하고 있는지 알아볼 수 있는 유일한 방법은 딱 하나가 있지. 그것은 바로 죽은 이들과 경쟁하는 것이라네.

생쥐 : 하지만 그 모든 훌륭한 작가들의 글을 읽으면 감히 글을 쓸 엄두가 나지 않을 수도 있잖아요.

Y.C. : 그러면 엄두를 내지 말아야지.

기사 작성 : <어니스트 헤밍웨이By Line : Ernest Hemingway> p.217~218
(헤밍웨이는 자신을 '특파원으로부터Your Correspondent'라는 말의 약자인 'Y. C.'로 설정했고, 그 Y.C.는 젊은 작가를 '생쥐'라는 애칭으로 불렀다)

미국에는 솜씨 좋은 작가가 많습니다. 포는 솜씨 좋은 작가지요. 그의 작품은 뛰어난 솜씨를 자랑하고 놀라운 구성력을 보이지만 생기가 없어요.

수사학이 뛰어난 작가들도 있습니다. 운 좋게도 다른 사람의 이야기나 여행을 통해 세상일이 실제로 어떻게 돌아가는지에 관해 좀 알게 되고, 그런 지식에 푸딩에 담긴 자두처럼 수사의 옷을 입히지요.

간혹 푸딩에 쌓여 있지 않고 홀로 존재할 때가 있는데 그럴 때는 괜찮아요. 그것이 멜빌미국의 소설가. 〈모비 딕〉을 지었다입니다. 하지만 그의 작품을 칭송하는 사람들은 중요하지 않은 바로 그 수사학 때문에 그를 칭송합니다. 그들은 존재하지도 않는 것에 신비주의를 입힌 거예요.

식민지 주민이 된 망명한 영국인처럼 글을 쓰는 사람들도 있지요. 그들이 건립했던 새로운 영국에는 결코 속해본 적이 없는 그런 영국인들 말입니다. 유니테리언파의 평범하고 무미건조한 그러나 뛰어난 지혜를 지닌 아주 선한 사람들, 문필가들, 유머 감각을 지닌 퀘이커 교도들.

누가 그런 사람이에요? 에머슨, 호손, 휘티어와 그 무리들. 이들 모두 신사이거나 신사가 되기를 바라는 사람들이죠. 다들 매우 존경할만합니다.

이들은 사람들이 일상적인 대화를 나눌 때 늘 써 왔던 단어들, 언어로서 살아남은 단어들을 사용하지 않아요. 또 그들에게 육체가 있다는 생각도 들지 않습니다. 물론 이성은 있지요. 아주 근사하고 무미건조하며 깨끗한 이성 말입니다.

<아프리카의 푸른 언덕Green Hills of Africa> p.20~21

"그럼 좋은 작가는 누구죠?"

"좋은 작가들은 헨리 제임스, 스테판 크레인, 마크 트웨인이에요.

훌륭한 순서대로 열거한 것은 아닙니다. 훌륭한 작가들에게 순위를 매길 수는 없으니까요."

<아프리카의 푸른 언덕Green Hills of Africa> p.22

나는 조이스를 숭배하지 않습니다. 친구로서 매우 좋아하고 기술적으로 그보다 더 글을 잘 쓰는 사람은 없을 거라는 생각은 합니다. 그로부터 많은 것을 배웠습니다.

주로 대화를 통해 에즈라와 G. 스타인거투르드 스타인에게도 많이 배웠습니다. 거투르드가 통제 불능이 되기 전까지 정말 많은 것을 배웠습니다.

포드 영감에게서는 그의 실수를 타산지석으로 삼아야겠다는 것 외에는 배운 것이 없습니다.

앤더슨셔우드 앤더슨, 미국의 유명 여류 작가. 청년 시절 그의 영향을 많이 받았다에게도 배운 것이 꽤 있지만, 그리 오래 가지는 않았습니다.

어릴 적에 링 라드너미국의 소설가, 저널리스트를 흉내내기도 했지만, 그에게는 딱히 배운 게 없습니다. 아는 것이 없는 사람이니 배울 것도 없었지요. 그가 가진 것이라고는 주워들은 것은 많지만 전부 거짓투성이 경험뿐이죠. 그 불쌍한 인간은 순수라는 개념을 제외하고는 모든 것을 미워했습니다.

D.H. 로렌스에게는 전원에 대해 느끼는 점을 말하는 방법을 배웠습니다.

아놀드 깅그리치에게, 1933. <서간 선집Selected Letters> p.384~385

스타인 양이 내게 '연쇄 살인마 잭'의 살인 사건을 소설로 쓴 〈하숙인〉이라는 책과 파리 외곽, 그러니까 앙기엥레벵에서 벌어진 살인에 관한 또 다른 책 하나를 빌려주었다.

두 책 모두 일과 후 독서용으로 더할 나위 없이 좋았다. 등장인물들은 설득력이 있고 행동이나 공포감이 절대 거짓이 아니었다. 하루 일과를 마친 후에 읽기 딱 좋았다.

나는 벨록 론디스의 책은 구할 수 있는 건 모두 다 읽었다. 하지만 권수만 많았지 처음에 읽었던 두 작품만한 것이 없었다. 심농프랑스의 추리 작가의 첫 책들이 출간되기 전까지는 밤이고 낮이고 빈 시간을 채워 줄 좋은 책을 찾을 수가 없었다.

<이동 축제일A Moveable Feast> p.27

포크너가 그렇게 쇠약해져 있는 줄은 전혀 모르고 있었네. 자네가 〈포켓판 포크너 선집〉을 편집 중이라니 무척 기쁘네. 포크너는 누구보다 뛰어난 재능을 지닌 친구일세. 다만 그에게 일종의 사회적 양심 같은 것만 있으면 좋을 텐데, 그게 없어. 한 나라가 반은 자유롭고 반은 노예 상태일 수 없듯이, 어떤 사람도 반은 매춘녀와 같은 글을 쓰고 반은 진지한 글을 쓸 수는 없지.

하지만 포크너는 완벽하게 진지한 글을 쓸 걸세. 그리고 계속 그렇게 써 나가지만 마무리는 하지 못할 거야. 정말이지 말을 소유하듯이 포크너를 소유하고 싶네. 말처럼 그를 훈련시켜서 경주를 시키는 거야.

물론 글쓰기에 있어서만 그렇다는 걸세. 그의 글은 정말 아름답고 가을이나 봄처럼 단순하면서도 복잡하거든.

말콤 카울리에게, 1945. <서간 선집Selected Letters> p.603~604

지금 내 말이 지나친 자만심으로 들리지 않기를 바랍니다. 저는 야망이 없는 사람입니다만 세계 챔피언은 꼭 한 번 되보고 싶습니다. 하지만 20라운드 경기에서 톨스토이와 싸우지는 않을 것입니다. 그가 내 귀를 날려 버릴 걸 아니까요.

톨스토이는 대단한 한 방을 지녔고 영원히 아니 그 이상 경기를 지속할 수 있을 겁니다. 하지만 나는 6라운드에서 그의 옆에 바짝 붙어 그가 나를 한 대도 치지 못하게 할 겁니다. 그다음엔 제가 그를 묵사발이 되도록 두들겨 줄 겁니다. 어쩌면 그를 넉아웃시킬지도 모르죠.

톨스토이는 때려 주기 쉬운 상대입니다. 하지만 그의 주먹이 얼마나 센지. 제가 60세까지 살 수 있다면 톨스토이를 이길 수 있을

지도 모르겠습니다어쩌면 말이죠.

참고로 말씀드립니다만 고인이 된 작가들을 때려눕혀 보려는 시도를 시작했습니다속어를 사용해서 죄송합니다. 얼마나 위대한지 제가 익히 알고 있는 작가들 말입니다.

처음에는 투르게네프를 이겨보려고 했습니다. 그리 어렵지 않더군요. 다음으로는 모파상을 시도했습니다. 그를 이기는 데 최고의 소설 네 편이 필요했습니다. 그는 흠씬 두들겨 맞았고 살아 있다면 자신의 패배를 알 겁니다. 그다음에 나는 다른 사람과 붙었습니다이런 말을 늘어놓자니 부끄러워지는군요. 아니 부끄럽다 못해 바보가 된 것 같습니다. 그와는 무승부였습니다. 그 역시 죽은 인물이었죠.

헨리 제임스는 엄지손가락만 갖다 대도 벌벌 기더니, 사타구니를 한 방 먹이자 심판에게 경기 중단을 요청하더군요.

셰익스피어처럼 그 누구도 감히 두들겨 팰 수 없는 이들도 있습니다챔피언이죠. 그리고 이름 없는 훌륭한 작가들도 있지요. 하지만 세르반테스와는 그의 고향에서 연습 게임이라면 20라운드 경기를 하고 싶습니다. 그리고 그를 묵사발로 만들어놓고 싶습니다. 세르반테스는 매우 영리하고 항상 배우는 자세를 가지고 있어서 설욕전에서는 그에게 질지도 모릅니다. 하지만 세 번째 경기는 사람들이 돈을 내고 보러 올 거예요.

두꺼운 책으로는 멜빌과 도스토옙스키와 붙고 싶습니다. 두 사람은 안정적인 참가자로 한 쌍을 이룹니다. 나는 그들의 얼굴에 진흙을 수없이 날렸습니다. 경주로가 질척거렸거든요. 하지만 우리는 그런 경주를 수없이 많이 할 수밖에 없습니다. 그들은 우리를 지치게 하죠.

이런 말이 허풍처럼 들리겠지만, 우리는 챔피언이 될 수 있다는 확신을 가져야만 합니다. 내가 바라는 것은 그것뿐입니다.

찰스 스크리브너에게, 1949. <서간 선집Selected Letters> p.673

지난 가을 이후로 거트루드 스타인을 만나지 못하고 있습니다. 그녀의 책 〈미국인의 형성〉은 지금껏 읽은 책 중에 최고입니다.

셔우드 앤더슨에게(미국의 작가. 헤밍웨이에게 영향을 줬다), 1926. <서간 선집Selected Letters> p.206

E.E. 커밍스의 〈거대한 방〉은 내가 읽은 작년 출간 도서 중에 최고입니다.

에드먼드 윌슨에게(미국의 작가 겸 비평가), 1923. <서간 선집Selected Letters> p.105

이곳에 내려와서는 내내 책을 읽고 있네. 투르게네프는 내게 있어서 지상 최고의 작가일세. 위대한 작품을 쓰지는 못했지만 위대한 작가이긴 하지. 물론 이건 어디까지나 나에게 그렇다는 말일세. 그의 작품 중 〈바퀴 덜컹거리는 소리〉라는 단편을 읽어본 적이 있나? 〈사냥꾼의 수기〉의 제2권에 있는 이야기일세. 〈전쟁과 평화〉는 내가 아는 한 최고의 책이지만 투르게네프가 앞서 말한 책을 쓰지 않았더라면 지금의 〈전쟁과 평화〉는 없었을 거라는 생각이 드네.

체홉은 대략 여섯 편의 소설을 썼지. 하지만 그는 아마추어 작가였던 반면 톨스토이는 예언자였지. 모파상은 프로 작가였고, 발자크도 프로 작가였지만 투르게네프는 예술가였네.

아치볼드 매클리시에게(미국의 시인. 거트루드 스타인, 헤밍웨이와 함께 파리에서 잃어버린 세대 그룹에 속해 활동했다), 1925. <서간 선집Selected Letters> p.179

투르게네프의 〈아버지와 아들〉과 토마스 만의 〈부덴브로크 가의 사람들〉 1권을 읽었네. 〈아버지와 아들〉은 길게 보면 투르게네프의 최고작은 아닐세. 훌륭한 부분도 몇 군데 있지만 처음 쓰일 당시만큼 흥미진진하기는 힘들 걸세. 이건 책에 대한 혹평이지.

〈부덴브로크 가의 사람들〉은 상당히 괜찮은 책이네. 토마스 만이 글을 잘 쓰는 작가라면 그 책이 걸작이 되었을 텐데. 그런 책이 1902년에 출간되었다가 작년까지 세상에 알려지지 않았다니, 〈메인 스트리트〉나 〈배빗〉미국의 소설가, 싱클레어 루이스의 장편소설들. 각각 인습적인 편견, 중산 계급의 교양 없는 속물을 일컫는 대명사로도 쓰인다에 열광하는 사람들과 그 밖에 학대받는 미국의 모습을 다뤘다는 이유만으로 환호했던 책들에 대해 그나마 있던 존경심도 줄어들 걸세. 자네 친구 멘켄이 좋아했던 책들 말일세.

자네 〈대지의 성장〉노르웨이의 소설가, 크누트 함순을 읽어보았나? 그다음에는 제발 〈톰 보이드〉를 읽었으면 하네.

스콧 피츠제럴드에게, 1925. <서간 선집Selected Letters> p.176

실비아 비치의 서고를 발견한 이후로 투르게네프의 작품이며, 고골리의 영어 번역판, 콘스탄스 가넷이 번역한 톨스토이 작품, 체홉의 영어 번역판을 모두 읽었다. 파리에 오기 전 토론토에서는 캐서린 맨스필드가 단편을 꽤 잘 쓴다는 얘길 들었는데, 심지어 위대한 단편 작가라는 말도 있었다. 하지만 체홉의 작품을 읽은 뒤에 읽어보니 그건 마치 나이 어린 처녀가 섬세하게 꾸며낸 이야기를 듣는 느낌을 주었다.

반면 훌륭하고 꾸밈없는 체홉의 글은 박식하고 논리정연한 의사의 이야기처럼 들리지만, 맨스필드는 순한 맥주 같다. 그냥 물을 마시는 것보다는 낫다. 하지만 체홉은 투명한 점을 제외하고는 물이 아니었다. 신문 기사 같은 글도 있지만 훌륭한 글도 있었다.

도스토옙스키는 있음직해 보이는 이야기도 썼고 도무지 믿기지 않는 이야기도 썼다. 하지만 그의 글은 모두 진실해서 글을 읽는 사람을 변화시킨다. 의지박약과 광기, 사악함과 숭고함 그리고 도박의 광기에 대해서까지 알게 해준다. 마치 우리가 투르게네프 작품에 도로와 풍경이 있고 톨스토이의 작품에 전투, 남자, 장교, 지형 지대, 군대의 움직임이 있는 것을 알고 있듯이 말이다.

톨스토이를 읽고 나면 남북 전쟁에 대해 쓴 스티븐 크레인미국의 소설가 겸 시인, 신문 기자의 글은 전쟁을 한 번도 겪어보지 못한 병약한 소년이 뛰어난 상상력을 발휘해 쓴 글처럼 보인다.

스탕달의 〈파르므의 수도원〉을 읽어보니 톨스토이 작품의 전쟁 장면을 만날 수 있었다. 그리고 스탕달이 워털루 전쟁에 대해 묘사한 부분은 단조로운 작품 속에서 만난 뜻밖의 행운이었다. 파리 같은 도시에서 이런 새로운 문학 작품의 세계를 만나고, 독서할 시간을 갖는 것은 엄청난 횡재를 한 것과 같았다.

<이동 축제일A Moveable Feast> p.133~134

에즈라 파운드의 글은 제대로 썼을 때는 너무나 완벽하다. 그는 실수에 진지하고 잘못에 집착하며 사람들에게 친절해서, 나는 늘 그를 성자라고 생각한다. 그 역시 성급한 점도 있지만 다른 많은 성자들도 그랬을 것이다.

에즈라는 내가 아는 작가 중에 가장 관대하고 사심이 없는 사람이다. 자신이 믿는 시인, 화가, 조각가, 작가들을 도와주고 믿지 않는 사람조차도 곤경에 빠져 있다면 무조건 돕는다. 그는 모든 사람을 걱정한다.

내가 에즈라를 처음 알게 되었을 때 그는 T.S. 엘리엇을 걱정하고 있었다. 엘리엇이 런던의 은행에서 일하느라, 시간이 부족해서 시인으로 제 역할을 할 수 있는 형편이 아니라고 했다.

<이동 축제일A Moveable Feast> p.108~110

톰토마스 울프은 자기 고향에 관한 글에서만은 정말 대단하다고 생각합니다. 고향에 관한 이야기를 할 때 그는 타의 추종을 불허할 만큼 훌륭하지요. 그런데 다른 소재를 다룰 때는 대부분 지나치게 과장된 신문 기사 투가 됩니다.

맥스웰 퍼킨스에게, 1940. <서간 선집Selected Letters> p.517

친구들 사이에 그조셉 콘래드에 대한 뒷담화가 유행이다. 심지어 빼놓을 수 없는 일이 되었다. 하나의 잘못된 의견이 종종 치명적 약점이 되는 정치적인 이 문단에서 살아가려면 글을 쓸 때 조심해야 한다.

내가 아는 대부분의 사람들이 콘래드가 형편없는 작가라는 사실에 동의한다. T.S. 엘리엇이 훌륭한 작가라는 것에 동의하는 것과 같다. 엘리엇을 곱게 갈아 가루로 만들어서 그 가루를 콘래드의 무덤 위에 뿌려 콘래드가 당장 살아날 수 있다면, 그리고 강제로 되살려 낸 것에 짜증스런 표정으로 글을 쓰기 시작할 수 있다면, 나는 내일 아침 일찍 소시지 가는 기계를 들고 런던으로 떠날 것이다.

기사 작성 : <어니스트 헤밍웨이By Line : Ernest Hemingway> p.132~133

와일더도 도스 패소스도 '훌륭한 작가'는 아닙니다. 와일더는 자신의 한계를 아는 아주 별 볼 일 없는 작가인데, 비평가들에 의해 가치가 과장되었다가 금세 거품이 빠져 버렸지요.

도스 패소스는 종종 탁월한 글을 쓰고, 매번 책을 출간할 때마다 전반적으로 실력이 나아지고 있습니다.

도스와 와일더는 같은 계층 출신입니다만 그 계층을 대변하지 못합니다. 와일더는 도서관을 대변하고 있을 뿐이죠. 졸라와 위고는 둘 다 형편없는 작가들입니다. 하지만 위고는 근엄한 어른이기는 하지요.

플로베르는 위대한 작가지만 위대한 작품은 오직 〈보바리 부인〉

한 편이며, $\frac{1}{2}$ 정도 위대한 작품 〈감정교육〉, 그리고 형편없는 졸작 〈부바르와 페퀴셰〉가 있지요.

스탕달은 〈적과 흑〉 한 권으로 위대한 작가가 되었습니다. 〈파르마의 수도원〉이라는 작품도 괜찮은 부분아주 훌륭하죠이 있기는 합니다만 대부분은 졸작이고, 그 나머지는 쓰레기입니다.

폴 로메인에게(시카고 서적상), 1932. <서간 선집Selected Letters> p.366

당신이 그 책의 출간을 원치 않을 수도 있다는 점에 대해 제가 생각할 수 있는 이유는 셔우드의 기분을 상하게 할까 봐 두려워서라는 것 한 가지뿐입니다. 하지만 어떤 글을 쓰든 풍자로 인해 상처를 입는 사람은 없을 거라고 생각합니다.

호레이스 리버라이트에게, 1925. <서간 선집Selected Letters> p.173

스콧 피츠제럴드의 재능은 나비 날개 위의 가루로 만들어진 무늬만큼이나 아름답고 자연스러웠다.

한때 그는 나비가 그 무늬의 아름다움을 인식하지 못하는 것만큼이나 자신의 재능을 자각하지 못했고, 무늬가 쓸려 나가거나 훼손되었을 때도 그 사실을 몰랐다. 시간이 흐르고 나서야 날개가 손상되었다는 것과 날개의 구조를 의식하게 되었고 생각하는 법도 배웠다.

하지만 나는 것에 대한 열망이 사라져 버렸기 때문에 더 이상 날 수가 없었다.

다만 힘들이지 않고 날 수 있었던 때를 기억하는 것밖에, 어떻게 할 도리가 없었다.

<이동 축제일A Moveable Feast> p.155~156

그 소설들이 매춘이라는 게 아니라 그저 잘못된 판단이라는 말일세. 소설을 써서도 충분히 살아갈 만큼 돈을 벌 수 있네. 이 어리석은 친구야, 어서 소설을 쓰게.

스콧 피츠제럴드에게, 1929. <서간 선집Selected Letters> p.307

작업이 그에게 도움이 될 겁니다. 상업적이지 않은 정직한 작업 말입니다. 글을 한 번에 한 문단씩 차근차근 써내려 가는 거지요. 하지만 그피츠제럴드는 한 문단으로 얼마나 벌 수 있는지를 계산했어요. 그리고 그런 쪽으로 자신의 에너지를 허비했지요.

그런다고 해서 돈을 많이 벌지 못하고, 좋은 일도 아니라는 걸 누가 말해줬다면, 그도 좀 겁을 냈을 겁니다.

맥스웰 퍼킨스에게, 1936. <서간 선집Selected Letters> p.438

평생, 나는 모든 단어를 생전 처음 보듯이 살아왔다오.

메리 웰쉬에게(1945년 런던 통신원 시절에 만나 헤밍웨이의 네 번째 부인이 되었다), <서간 선집Selected Letters> p.583

도스토옙스키 소설에는 당신이 믿는 것과 믿지 않는 것이 있지만, 읽을 때마다 당신 자신이 변하는 것을 느낄 만큼 너무나 사실인 것도 있다.

<이동 축제일집A Moveable Feast> p.134

PART 2

작가의 발견

작가의 자질

먼저 재능이 있어야만 한다. 그것도 많이 필요하다. 키플링의 재능 같은 것 말이다.

그다음에는 훈련이다. 플로베르가 했던 것처럼 부단히 훈련을 해야 한다. 그다음에는 파리에서 사용하는 미터 기준처럼 변하지 않는 절대 양심과 작가란 무엇인가에 대한 명확한 인식이 필요하다. 가짜를 방지하기 위해서다. 또한 작가는 지적이고 이해관계를 초월한 공평무사한 마음이 있어야 한다.

그리고 무엇보다 살아남아야 한다. 한 사람의 작가 안에 있는 이 모든 자질을 끌어내어, 자신을 짓누르는 모든 것들을 극복하라. 작가에게 가장 어려운 점은 살아남아 자신의 글을 끝내는 것이다. 주어진 시간이 너무 짧다.

<아프리카의 푸른 언덕Green Hills of Africa> p.27

생쥐 : 그럼 상상력은요?

Y.C. : 정직성과 더불어 좋은 작가가 반드시 갖춰야 할 요건이지. 경험을 통해 더 많이 배울수록 더욱 참된 상상력을 가질 수 있지. 글도 그렇고 인생도 그렇다네.

그리고 신뢰할 수 있는 상상력을 펼쳐 보임으로써 사람들로 하여금, 실제로 일어난 일을 그대로 옮겨 적은 것이라 믿게 만들 수 있다네.

기사 작성 : <어니스트 헤밍웨이By Line : Ernest Hemingway> p.215~219

생쥐 : 작가가 되기 위해 젊어서 하면 가장 좋은 훈련은 무엇이 있나요?

Y.C. : 불우한 유년 시절을 겪는 거라네. 그걸 딛고 일어나 과거의 자신보다 더 훌륭해지는 것이라네.

기사 작성 : <어니스트 헤밍웨이By Line : Ernest Hemingway> p.219

글쓰기와 관련하여 절대적으로 필요한 두 가지 요소가 있다 그 중 하나는 참된 진지함이다. 그리고 다른 하나는 유감스럽게도 재능이다.

기사 작성 : <어니스트 헤밍웨이By Line : Ernest Hemingway> p.214

훌륭한 작가에게 가장 필요한 재능은 타고난 충격 방어력과 거짓말 탐지 능력이다. 이를 작가의 레이더라고 하는데, 모든 위대한 작가들은 이 재능을 가지고 있었다.

조지 플림프턴, "어니스트 헤밍웨이와의 인터뷰An Interview with Ernest Hemingway." <파리 리뷰The Paris Review 18> 1958 봄호

정의와 불의를 구별하지 못하는 작가는 소설을 쓰기보다는 영재 학교 졸업 앨범이나 편집하는 게 더 나을 것이다.

조지 플림프턴, "어니스트 헤밍웨이와의 인터뷰An Interview with Ernest Hemingway." <파리 리뷰The Paris Review 18> 1958 봄호

좋은 작가는 가능한 한 거의 모든 것을 알고 있어야만 한다. 하지만 당연히 그럴 수 없다. 훌륭한 작가는 태어날 때부터 모든 것을 아는 것처럼 보인다. 하지만 사실은 그렇지 않다. 단지 의식적으로 노력하지 않더라도 다른 사람보다 적은 시간에 많은 지식을 익힐 수 있는 학습 능력을 타고났을 뿐이다.

또한 지식이라고 정의된 것들을 거부할 것인지, 받아들일 것인지 식별하는 지능을 가졌을 뿐이다.

하지만 빨리 익힐 수 없는 것, 누구에게나 주어진 시간이지만 수많은 시간을 바쳐야 습득할 수 있는 지식들이 있다. 그것은 아주 단순한 것들이며, 그 단순한 지식들을 배우는 데 한평생이 걸린다. 그러므로 각자 살아가면서 얻는 아주 적은 양의 새로운 지식들을 위해 매우 비싼 대가를 치러야 한다. 그리고 그런 지식만이 작가가 남길 수 있는 유일한 유산이다.

진실되게 쓰인 소설은 전반적인 지식에 보태지고, 그 지식은 다음 세대의 작가들 손에 맡겨진다. 하지만 그다음 세대의 작가도 경험의 일정 비율을 지불해야만 상속권자로서 자신에게 주어진 지식을 소화하고 이해할 수 있게 된다. 그리고 거기서부터 다시 출발해야 한다.

<오후의 죽음Death in the Afternoon> p.191~192

좋은 글은 진실한 글이다. 누군가 이야기를 만들어내면 그 이야기의 진실성은 작가가 지닌 삶에 대한 지식의 양과 진지함의 정도에 비례한다.

그래서 작가가 이야기를 창작할 때, 그 이야기는 작가만큼 진실해진다.

기사 작성 : <어니스트 헤밍웨이By Line : Ernest Hemingway> p.215

작가들에게 주는 충고

나는 가장 단순한 것들로부터 시작해서 글쓰는 법을 배우고자 했다.

<오후의 죽음Death in the Afternoon> p.2

글쓰는 일을 처음 시작할 때 어떤지 한번 보게. 작가에게는 흥미롭고 짜릿하지만 독자에게는 아무것도 전달하지 못하지. 흥미로

운 이야기를 모두 써 버리고 짜릿함이 사라지고 나서야, 진정한 글 쓰는 방법을 배우게 된다네. 더 이상 젊다고 할 수 없을 때 선택하는 소재가 미숙한 소재보다 낫다는 것을 명심하게.

스콧 피츠제럴드에게, 1929. <서간 선집Selected Letters> p.306

자네는 오래전부터 자신의 질문에 대한 대답 외에는 듣기를 중단해 버렸네. 자네 안에 좋은 소재가 있으니 그럴 필요가 없었겠지. 듣지 않는 것, 그것이 바로 작가를 고갈시키는 걸세. 우리 작가들은 모두 고갈된다네.

이건 자네에게 개인적인 모욕을 주기 위한 말이 아니네. 모든 것은 보는 것, 듣는 것에서 나오지. 자네는 보는 것은 충분히 잘하지만 어느 순간 귀를 닫아 버렸네.

스콧 피츠제럴드에게, 1934. <서간 선집Selected Letters> p.407

때때로 새로운 소설을 시작했는데 잘 풀리지 않을 때가 있다. 그럴 때면 벽난로 앞에 앉아서 작은 오렌지 껍질을 쥐어짜 불길 언저리에 떨어뜨리며 푸른 불꽃이 타닥타닥 피어오르는 모습을 지켜보곤 한다. 그리고 일어서서 파리의 지붕 너머를 바라보며 생각한다.

'걱정하지 마. 항상 글을 써 왔으니 지금도 쓰게 될 거야. 그냥 진실한 문장 하나를 써내려 가기만 하면 돼. 내가 알고 있는 가장 진실한 문장이면 돼.'

그러면 마침내 진실한 문장을 하나 쓰게 되고 거기서부터 다시 글을 시작했다. 그다음부터는 쉬웠다. 내가 알고 있거나, 누군가에게 들었거나, 어디선가 본 적이 있는 진실한 문장 하나는 언제나 있기 마련이다.

처음부터 장황한 글을 쓰거나 뭔가를 과시하려는 것처럼 글을 쓰기 시작했다면, 복잡한 무늬와 장식들을 잘라내고 처음에 썼던 단순하고 진실한 평서문 하나로 다시 시작하면 된다는 사실을 깨우쳤다.

<이동 축제일A Moveable Feast> p.12

그때 글을 쓰려고 애쓰던 중에 나는 엄청난 어려움에 봉착했다. 내가 실제로 느끼고 진실로 아는 것 외에 어떤 느낌을 받아야 하는지, 어떤 느낌을 받으라고 배웠는지보다는 실제 행동으로 일어났던 것, 자신이 경험했던 감정을 일으켰던 것이 실제로 무엇이었는지를 써내려 가는 것이 더 큰 어려움이라는 사실을 깨달았다.

신문 기사를 쓸 때는 일어났던 일을 전달하고, 시의성이라는 요소의 도움을 받아 한두 가지 요령을 통해 감정을 전달한다. 그러면 그날 일어났던 사건을 어떻게 기술하든 상관없이 특정한 감정을 부여하게 된다.

하지만 그런 감정을 일으키는 사실과 동작의 결과인 실체는 1년, 아니 10년 후까지 효력을 발휘한다. 운이 좋으면 1년 혹은 10년, 만약 운도 따르고 순수하게 기술한다면 항상 효력을 지닐 것이다. 하지만 그런 일은 내 능력 밖의 일이었으며, 나는 그것을 기술하기 위해 전력을 다해 글을 썼다.

<오후의 죽음Death in the Afternoon> p.2

생쥐 : 작가가 자신을 훈련하는 방법은 뭐죠?

Y.C. : 오늘 어떤 일이 있었는지 살펴보게. 물고기를 보면 모든 사람들이 그렇듯 정확히 그 모습을 보게. 물고기가 뛰어오르는 모습을 보고 짜릿함을 느꼈다면 어떤 움직임이 그런 감정을 일으켰는지 알아낼 때까지 계속 돌이켜보게. 물에서 솟구쳐 오르며 만들어 내는 선이었는지, 바이올린 줄처럼 팽팽하게 지탱하고 있다가 떨어지는 모습이었는지, 물을 박차고 뛰어오르는 모습이었는지 말일세. 또 어떤 소리가 났고, 어떤 말이 들렸는지도 기억하게. 그 감정을 일으켰던 것이 무엇인지 찾아내고, 자네를 흥분시켰던 것이 무엇인지 알아내라는 말일세. 그런 다음엔 독자들도 그 장면을 보고 자네가 느꼈던 것과 똑같은 감정을 느낄 수 있도록 정확하게 그 장면을 써내려 가는 거야. 그것은 피아노의 다섯 손가락 훈련 같은 걸세.

생쥐 : 그렇군요.

Y.C. : 그리고 가끔씩은 다른 사람의 머릿속에 들어가보게. 혹 내가 자네를 큰소리로 꾸짖는다면 자네가 느끼는 점 외에 내가 무슨 생각을 하고 있을지 알아보라는 말일세. 카를로스가 후안에 대해 악담을 하거든 누가 옳은가 하는 것만 생각하지 말고 양쪽 입장에

서 생각해보게. 사람마다 그래야 하는 일이 있고 그래서는 안 되는 일이 있네. 또 누가 옳고 누가 그른지도 알게 되지. 결정을 내리고 그것을 밀고 나가야 하네. 하지만 모름지기 작가는 어떤 판단도 해서는 안 되네. 그저 이해해야 하지.

생쥐 : 네, 알겠습니다.

Y. C. : 그다음엔 경청일세. 사람들이 말할 때는 온전히 집중해서 그 이야기를 듣게. 다음에 내가 무슨 말을 해야 할지 생각하지 말게. 대부분의 사람들은 남의 말을 잘 듣지 않지. 또 찬찬히 관찰하지도 않네. 어떤 공간에 들어갔다가 나올 때는 그곳에서 본 모든 것을 알고 있어야 해. 그게 전부가 아닐세. 만약 그 공간에 있을 때 어떤 느낌이나 감정이 일어났다면, 그런 느낌이나 감정을 느끼게 한 것이 무엇인지 정확히 알아야만 하네. 연습 삼아 한 번 해보게. 시내에 나가 극장 밖에 서서 사람들이 택시나 자동차에서 내리는 방법이 얼마나 각양각색인지 살펴보는 거지. 이 외에도 훈련할 수 있는 방법은 수천 가지가 넘는다네. 항상 다른 사람에 관해 생각하게.

기사 작성 : <어니스트 헤밍웨이By Line : Ernest Hemingway> p.219~220

나로서는 묘사가 문제였다. 밤거리를 걸으며 방금 내 기억 밖으로 빠져 나갔던 것이 무엇인지 기억해 내려고 애썼다. 실제로 본 것들 그리고 그 주변의 것들이 떠오르면서, 결국은 모두 기억해냈다.

그투우사가 자리에서 일어났을 때 그의 얼굴은 꾀죄죄하고 창백했다. 비단 바지는 허리부터 무릎까지 터져 있었고 빌려 입은 때문은 바지와 속옷 아래로 깨끗하고 하얀 넓적다리뼈가 튀어나와 있었다. 내가 본 건 그 뼈였고, 중요한 건 바로 그것이었다.

<오후의 죽음Death in the Afternoon> p.20

물론 팜플로나는 달라졌다. 하지만 우리가 늙은 만큼은 아니었다. 우리는 그 모든 것이 사라지는 것을 보았고, 앞으로도 또 사라지는 것을 지켜보게 될 것이다. 살아남아 작업을 끝내고 보고 듣고 배우고 이해하고 아는 것이 생기면, 그것을 글로 쓰는 일은 얼마나 근사한가.

알기 전에는 쓰지 말고, 알고 난 후에는 지나치게 많이 쓰지 말라. 세상에 대해 어느 정도 총체적으로 알게 되면 세상을 구하는 일은 원하는 자들에게 맡겨 두라. 그다음엔 당신이 어떤 부분을 표현하든 진실하게 표현한다면, 그것이 전체를 대표할 것이다.

우리가 해야 할 일은 그렇게 할 수 있는 법을 배우기 위해 부단히 노력하는 것이다.

<오후의 죽음Death in the Afternoon> p.278

"그 책〈카라마조프 가의 형제들〉을 읽으려고 노력하다 보면 나도 모르는 사이에 이해하게 되겠지. 그리고 읽으면 읽을수록 이해하는 것이 더 많아질 걸세.

<이동 축제일A Moveable Feast> p.138

내 글을 모두 짧게 자르고 장식적인 요소들을 모두 없앤 다음, 묘사가 아니라 문장을 만들려고 한 후부터 글쓰기가 아주 멋진 일이 되었다.

하지만 그건 매우 어려운 일이었다. 내가 어떻게 소설처럼 긴 글을 쓸 것인지 알 수 없었다. 한 문단을 완성하기 위해 오전 내내 작업하는 경우가 종종 있었다.

<이동 축제일A Moveable Feast> p.156

제가 쓴 모든 소설 속 삶의 느낌을 제대로 표현하기 위해 노력하고 있다는 걸 아버님도 아실 겁니다. 단순히 삶을 묘사하거나 평가하려는 게 아니라 실제로 경험하는 것처럼 살려내는 것이죠. 그러니 아버님께서 제 글을 읽으시면 실제로 그 일을 경험한 것이 됩니다.

그러기 위해서는 아름다운 것뿐만 아니라 추하고 악한 것도 들어가야 합니다. 모든 게 아름답기만 하다면 믿기지 않을 테니까요. 우리 현실이 그렇지 않잖아요. 양면을 모두 보여줘야만 합니다. 3차원, 아니 가능하다면 4차원으로 보여줘야 제가 원하는 방식으로 쓸 수 있습니다.

Dr. C. E. 헤밍웨이 박사께, 1925. <서간 선집Selected Letters> p.153

저는 늘 말이나 직접적인 서술 방식보다는 쓰리 쿠션 당구 게임처럼 돌려 이야기하려고 노력합니다. 하지만 직설적인 문장을 써야 할 경우도 있지요.

오웬 위스터에게(미국의 소설가), 1929. <서간 선집Selected Letters> p.301

이건 제 평생을 바쳐 쓴 글입니다〈노인과 바다〉. 쉽고 편안하게 읽히는 짧은 글처럼 보이지만 눈에 보이는 세상의 모든 면이 담겨져 있고, 동시에 한 인간의 정신세계도 담았지요. 지금으로서는 내 능력으로 쓸 수 있는 가장 훌륭한 글입니다.

찰스 스크리브너에게, 1940. <서간 선집Selected Letters> p.503~504

에즈라미국의 시인는 형용사를 믿지 말라고 나에게 가르쳐준 사람이다. 나중에 알게 된 일이지만 특정 상황에서 특정 인물을 믿어서는 안 된다는 것과 같은 맥락이었다.

<이동 축제일A Moveable Feast> p.134

처음으로 도시와는 다른 풍경, 전원을 만나는 것은 매우 가치 있는 경험입니다. 그 누구보다 자신에게 더욱 가치 있는 일인지도 몰라요. 하지만 그것을 설명하려면 항상 글로 써야 합니다. 어떻게 표현하는 지는 중요하지 않아요.

<아프리카의 푸른 언덕Green Hills of Africa> p.193

난 거투르드가 나를 몰아세우는 게 좋아. 나 자신에 대한 평가를 낮추는 데 도움이 되거든. 그것도 아주 많이 말이야. 거투루드는 이 책이 아주 마음에 든다고 했어. 하지만 내가 듣고 싶었던 말은 마음에 들지 않았던 점이 무엇이고, 그 이유가 무엇인지였다네.

거투루드가 좋지 않다고 생각하는 부분들은 내가 지어낸 부분이 아니라 눈앞에 보이듯 생생히 기억하는 부분이거든.

스콧 피츠제럴드에게, 1929. <서간 선집Selected Letters> p.310

스페인으로 갔습니다. 세잔처럼 전원을 그려보려고 힘든 시간을 보내고 있습니다. 간혹 글이 좀 써질 때도 있습니다. 그중에 전원에 대한 묘사는 멋집니다. 모두 내가 창작한 것이죠. 난 모든 것을 그렇게 보았고, 그중 일부는 정말 세잔처럼 묘사되었어요.

거투르드 스타인에게(미국의 시인겸 소설가. 로스트제너레이션이라는 말을 최초로 사용했다), 1924. <서간 선집Selected Letters> p.122

지금까지 나는 '전원'이라는 단어를 읽으면, 그 단어만이 아니라 실제로 전원을 경험한 것처럼 표현하기 위해 노력했네. 굉장히 어려운 일이지. 그렇게 하려면 전원에 대한 낭만적인 생각은 접고, 글을 쓰는 내내 전원에 대한 모든 것을 완벽하게 알아야 하거든.

에드워드 오브라이언에게(미국의 시인, 편집자, 명시선집 집필자이다), 1924. <서간 선집Selected Letters> p.123

때론 글이 아주 잘 풀려서 삼림 지대를 뚫고 개간지로 나오기도 하고, 높은 지대까지 올라가서 호수의 지류 너머로 언덕을 볼 수 있을 만큼 전원을 제대로 그려낼 때도 있다. 마치 세잔이 정원을 그리듯 말이다.

<이동 축제일A Moveable Feast> p.91

그는 세잔이 그림을 그리듯 글을 쓰고 싶어 했다. 세잔은 처음 그림을 시작했을 때 온갖 기교를 구사했다. 그러고는 모든 것을 부수고 진실한 것을 만들어 갔다. 정말 고통스런 일이었다. 그래서 그는 최고였다. 언제나 그랬다. 그건 사이비종교 같은 절대적 숭배가 아니었다.

닉은 전원에 관한 글을 쓰고 싶었다. 그래서 세잔이 그림 속에서 표현했던 것처럼 글 속에 그 전원을 담고 싶었던 것이다.

그러려면 자신의 내면으로부터 그것을 끌어내야 했다. 기교라고는 전혀 없이, 그처럼 전원에 관해 그런 글을 썼던 사람은 한 명도 없었다.

성스러운 일이라는 생각까지 들었다. 정말 심각하고 진지했다. 끝까지 붙들고 늘어지면 할 수 있다. 두 눈을 뜨고 제대로 살아왔다면 말이다.

<닉 애덤스 이야기The Nick Adams Stories> p.239

자네 그 잘난 책에 날씨를 언급하는 걸 잊지 말게. 날씨는 매우 중요하거든.

존 도스 패서스에게(헤밍웨이와 동시대 소설가), 1932. <서간 선집Selected Letters> p.355

마침표와 쉼표를 쓸 때 또는 작은따옴표와 큰따옴표 등의 규칙에 관한 제 생각은 '가능한' 한 관습에 맞춰야 한다는 겁니다. 골프를 칠 때 크로켓 방망이나 당구 큐를 퍼트 구역에서 사용하게 해준다면 게임의 묘미가 상당히 떨어질 겁니다.

남들이 사용하는 평범한 도구로도 탁월하게 잘할 수 있다는 것을 보여준 다음에야, 더 나은 도구를 만들어낼 자격이 생기지 않겠습니까.

호레이스 리버라이트에게, 1925. <서간 선집Selected Letters> p.161

사실 사전이 필요하다면 글을 써서는 안 됩니다. 사전을 처음부터 끝까지 적어도 세 번은 통독한 다음, 필요한 다른 사람에게 빌려 줬어야죠. 딱 들어맞는 표현이 있기 마련입니다. 그리고 비유법은 결함이 있는 무기 같은 겁니다지금 제가 생각할 수 있는 가장 수준 낮은 비유는 이 정도군요.

버너드 베런슨에게, 1953. <서간 선집Selected Letters> p.809

이 책에 상당한 공력을 들여 작업해왔네. 이제는 거의 끝이 보인다네. 이제 남은 건 작업의 마무리 때마다 그래왔던 것처럼 불가능해 보이는 기적을 만들어내는 거라네.

아치볼드 매클리시에게(미국의 시인이자 국회의원. 1923년 변호사 사무실을 그만두고 아내와 함께 파리로 가서 거투르드 스타인, 어니스트 헤밍웨이와 함께 잃어버린 세대 그룹에 속해 활동했다), 1936. <서간 선집Selected Letters> p.453

기자 : 젊은 작가들에게 신문사 일을 권하실 건가요? 선생님께서 캔자스시티 스타 지에서 일하셨던 경험은 글쓰기 훈련에 도움이 되셨는지요?

헤밍웨이 : 스타 지에서는 간단한 서술문으로 글을 쓰게 합니다.

그것은 누구에게라도 유익한 일이죠. 신문 기사를 작성해본 경험이 젊은 작가에게 해가 될 리가 없습니다. 적당한 시기에 그만두기만 한다면 분명 도움이 될 겁니다.

조지 플림프턴, "어니스트 헤밍웨이와의 인터뷰An Interview with Ernest Hemingway." <파리 리뷰The Paris Review 18> 1958 봄호

나는 책 한 권을 끝내고 나면 감정적으로 탈진 상태가 됩니다. 그렇지 않으면 독자들에게 감정을 온전히 전달하지 못한 것이겠지요. 어찌되었거나 제 경우는 그렇다는 말입니다.

찰스 스크리브너 3세에게, 1952. <서간 선집Selected Letters> p.778

작업 습관에 대하여

작가는 혼자 일해야 합니다. 집필 작업을 완전히 마무리하고 난 다음에, 다른 작가들을 만나야 해요. 그것도 너무 자주 만나면 안 됩니다.

너무 자주 만나다 보면 뉴욕에 있는 작가들처럼 되거든요. 그들은 모두 유리병에 든 낚시 미끼용 지렁이들입니다. 자기들끼리 부대끼거나 병 안에서만 지식과 자양분을 얻으려고 애쓰는 사람들이지요.

때로 그 병은 예술의 모양을 하고 때로 경제학이나 종교경제학의 형태를 띠기도 하지만, 일단 병 속에 들어가면 그 안에 갇히고 말죠.

그리고 병 밖으로 나오면 외로워합니다. 그들은 외로워지기를 원하지 않아요. 신념을 지키다 혼자가 되는 걸 두려워하지요.

<아프리카의 푸른 언덕Green Hills of Africa> p.21~22

생쥐 : 소설을 집필할 때 어떻게 전개될지 알고 계십니까?

Y.C. : 거의 모르지. 이야기를 시작하는 건 나지만 이야기가 전개되면서부터는 소설 속에서 일어나야 할 일들이 일어나게 되어 있거든.

기사 작성 : <어니스트 헤밍웨이By Line : Ernest Hemingway> p.217

생쥐 : 하루에 집필하는 양이 얼마나 되나요?

Y.C. : 가장 좋은 방법은 글이 잘 풀리고 다음에 무슨 일이 벌어질지 알 수 있을 때, 바로 그때 중단하는 걸세. 소설을 쓸 때 그런 식으로 하면 절대로 글이 막히는 법이 없지. 내가 해줄 수 있는 가장 귀한 충고니 잘 기억해두게.

생쥐 : 알겠습니다.

Y.C. : 항상 글이 잘 풀릴 때 멈추게. 그리고 다음 날 다시 글쓰기를 시작하기 전까지는 글에 대해 생각하거나 걱정하지 말아야 해. 그렇게 하면 잠재의식은 쉬지 않고 작업을 할 걸세. 글에 대해 생각하거나 걱정하기 시작하면 글을 죽여 버리게 된다네. 글을 시작하기 전에 이미 두뇌가 지쳐 버리거든. 일단 집필을 시작한 후에는 다음 날 무엇을 쓸 지 걱정하는 일은, 어쩔 수 없이 해야 하는 행동에 관해 걱정하는 것만큼이나 소심하고 겁 많은 짓일세. 그냥 계속 쓰는 수밖엔 없네. 걱정한다고 달라질 건 없어. 그게 바로 소설 쓰는 방법이란 걸 알아두게. 소설 쓰기에서 가장 어려운 일은 오히려 마무리라고 할 수 있지.

생쥐 : 어떻게 하면 걱정하지 않는 법을 배울 수 있을까요?

Y.C. : 글에 대해 생각하지 않으면 돼. 글에 대해 생각하는 순

간, 제대로 글을 쓸 수 없게 되거든. 다른 일을 생각하게. 그걸 배워야 해.

기사 작성 : <어니스트 헤밍웨이By Line : Ernest Hemingway> p.216

나는 작품을 집필 중일 때, 글을 쓰고 나서 그 글에 대해서 생각하지 않기 위해 노력한다. 계속해서 글에 대해 생각하다 보면 다음 날 이어서 쓰기 전에, 지금까지 쓰고 있었던 것을 잊어버리게 된다.

그래서 운동하거나 몸을 피곤하게 만드는 따위의 일이 필요하다. 사랑하는 사람과 사랑을 나누는 것도 좋다. 사실 그건 더할 나위 없이 좋은 방법이다. 그렇게 해서 머릿속이 비워지면 다시 글을 쓰기 전에 절대로 집필 중인 글에 대해 생각하거나 걱정하지 않아야 한다. 그러기 위해 반드시 독서가 필요하다.

나는 글의 샘이 마르지 않게 하는 법을 이미 터득했다. 글의 우물 깊은 곳에 아직 글이 좀 남아 있을 때, 항상 글쓰기를 멈춘다.

그리고 샘에서 밤새 물이 흘러들어 우물이 다시 채워지게 둔다.

때로 작업을 마친 다음 머릿속에서 글에 관한 생각을 지우기 위해 올더스 헉슬리, D.H. 로렌스 같은 당시 활동 중인 작가들이나 실비아 해변 도서관이나 선창가 서점에서 구할 수 있는 작가들의 작품을 읽는다.

<이동 축제일A Moveable Feast> p.25~26

글쓰기를 마친 시각부터 다음 날 다시 글을 시작하기 전까지 쓰고 있던 내용에 대해 아무것도 생각하지 않는 법을 배웠던 것 역시 그 방에서였다.

나는 그런 식으로 잠재의식 안에서 글에 대한 생각을 계속하고, 동시에 다른 사람들의 이야기에 귀를 기울이고, 모든 사물을 인식하고 싶었다. 아니 알게 되길 바랐다. 작업에 대해 생각하지 않고, 그렇게 해서 내 자신이 무력해지지 않기 위해 독서를 했다.

글쓰기 작업이 유난히 잘되는 때가 있다. 그건 훈련뿐 아니라 운도 필요한 일이다. 아무튼 그럴 때면 아주 기분 좋게 아래층으로 내려간다. 그리고 파리 시내 어디로든 마음이 내키는 대로 산책을 나섰다.

<이동 축제일A Moveable Feast> p.13

생쥐 : 매일 글쓰기 작업을 시작하시기 전에, 썼던 부분을 어느 정도나 다시 읽으시나요?

Y.C. : 가장 좋은 방법은 매일 처음부터 다시 읽는 거라네. 그렇게 글을 다시 읽으면서 수정하다가 어제 멈췄던 부분부터 다시 시작하는 거지. 전체 원고 분량이 너무 많아서 매일 다 읽을 수가 없는 경우라면 두어 챕터 정도 되돌아가 읽어도 되네. 그러면 일주일에 한 번 정도 처음부터 다시 읽게 되지. 그렇게 해야 전체 이야기가 하나로 통일될 수 있거든. 그리고 글이 잘 풀릴 때 작업을 멈춰야 한다는 것을 꼭 기억하게. 생각을 전부 쏟아부어 쉬지 않고 글을 쓰고 싶을 때 작업을 멈춰야, 글을 죽이지 않고 계속 써 나갈

수 있네. 그렇게 하지 않으면 다음 날 완전히 녹초가 되어 글을 이어 나갈 수가 없게 되거든.

기사 작성 : <어니스트 헤밍웨이By Line : Ernest Hemingway> p.217

스콧은 '문학'을 엄숙하게 대합니다. 문학이란 능력껏 잘 쓰고 시작한 것을 끝내는 것에 불과하다는 사실을 전혀 이해하지 못해요.

아서 미즈너에게(미국의 영문학과 교수. 1951년에 피츠제럴드의 자서전을 집필했다), 1950.
<서간 선집Selected Letters> p.695

소설 집필을 마치고 나면 언제나 공허하고 슬프면서 또한 행복하다. 마치 사랑을 나눴을 때와 같다. 나는 그 소설이 아주 훌륭하다

고 확신한다. 하지만 다음 날 다시 읽기 전까지는 실제로 얼마나 훌륭한지 알지 못한다.

<이동 축제일A Moveable Feast> p.6

글이 형편없고 어찌할 수 없을 정도로 엉망일 때도 그냥 계속해서 써 나가야 하네. 소설을 다루는 방법은 오로지 한 가지뿐일세. 빌어먹을 이야기를 끝까지 밀어붙이는 거지.

스콧 피츠제럴드에게, 1929. <서간 선집Selected Letters> p.306

가능하다면 이 작품〈무기여 잘 있거라〉을 여기서 마치고 두세 달 정도 던져두었다가 다시 고쳐 쓰고 싶습니다. 일단 한 번 써 놓은 글이니, 다시 고쳐 쓰는 데는 한 달 반에서 두 달 이상은 걸리지 않을 겁니다.

하지만 다시 고쳐 쓰기 전에 글을 완전히 식히는 시간을 갖는 것이, 저에게는 무엇보다 중요합니다.

맥스웰 퍼킨스에게, 1928. <서간 선집Selected Letters> p.276~277

이곳으로 돌아오니 책〈무기여 잘 있거라〉을 다시 고쳐 쓰는 작업을 하루라도 빨리 하고 싶군요. 하지만 글을 마친 지 겨우 한 달이 되었으니, 플로리다에서 자리를 잡을 때까지는 좀 더 두는 것이 최선일 겁니다.

영국 잡지 선 지에 보낼 글은 9월에 마쳤지만 12월까지 고쳐 쓰는 작업을 시작하지 않았습니다. 매일 글을 쓰기 시작하기 전에 -그러니까 집필 작업 중일 때- 전날 썼던 글들을 고쳤던 만큼 고칠 거리가 많지 않을 겁니다.

하지만 충분히 시간을 두고 뜸을 들인 다음, 글을 쓰면서 감동을 느꼈던 부분을 독자에게 소홀히 전달한 데가 없는지 다시 한 번 찾아내고 싶습니다.

맥스웰 퍼킨스에게, 1928. <서간 선집Selected Letters> p.285

원고를 넘기기 전에 원고에서 손을 떼고 있을 수 있는 기간이 얼마나 되는 지 알려 주십시오. 제 글을 냉정하게 보고 필요한 부분을 보태고 빠진 곳은 메울 수 있는 완전히 새로운 기회가 될 테니까요.

찰스 스크리브너에게, 1949. <서간 선집Selected Letters> p.684

보통 아침 집필을 시작하기 전에는 아무 생각도 하지 않고, 아무것도 읽지 않습니다. 그 어떤 도움이나 영향도 받지 않고멋진 예를 알려

주거나 내 어깨 너머로 쳐다보며 앉아 있는 사람 없이 길어진 손톱을 물어뜯으며 글을 써보기 위해서입니다.

버너드 베런슨에게, 1952. <서간 선집Selected Letters> p.790

그래서 그 책〈누구를 위하여 종은 울리나〉이 끝날 때까지 집필을 계속할 예정입니다. 지금까지 작업한 것을 보여드릴 수 있으면 좋을 텐데. 매우 자부심이 느껴지는 작품이거든요. 하지만 그렇게 하면 부정 타서 재수가 없어질까 봐 두렵습니다. 작품에 대해 이야기하는 것도 마찬가지고요.

맥스웰 퍼킨스에게, 1939. <서간 선집Selected Letters> p.482

파란색 공책, 연필 두 자루, 연필깎이주머니칼은 너무나 낭비가 심하다, 대리석 테이블, 이른 아침의 냄새, 빗질과 걸레질. 필요한 건 그게 전부였다.

재수가 좋으라고 오른쪽 주머니에 행운의 부적인 토끼 뒷다리와 마로니에 열매를 넣어 가지고 다니기도 했다. 토끼 뒷다리의 털은 오래전에 다 빠져 버렸고 뼈와 힘줄이 반들반들 윤이 날 정도로 닳았다. 발톱에 주머니 안감이 긁히기도 했지만, 나는 그것이 행운을 가져다준다고 믿고 있다.

<이동 축제일A Moveable Feast> p.91

2주 전에 메리 양에게 그때까지 썼던 글을 미리 읽어보게 했습니다. 어느 누구에게도 읽게 하지 않았던 글이죠. 글을 보여주거나 그에 관해 이야기하는 건, 나비의 날개 무늬를 모두 지워 버리고 매의 깃털 배열을 뒤죽박죽으로 만들기 때문입니다.

하지만 생각해보니 빈둥거리기만 한 게 아니라 드러내지 않고 열심히 일하고 있었다는 걸, 메리 양에게 보여줘야겠다는 생각이 들었습니다.

릴리언 로스에게(미국의 저널리스트. <Portrait of Hemingway>라는 책을 1950년대 썼다), 1948. <서간 선집Selected Letters> p.649

지금 나는 아주 굉장한 소설을 쓸 예정이네. 하지만 그 소설에 관한 이야기는 하지 않겠네. 말로 하면 글로 쓸 때 그것을 아주 쉽게 생각하게 되고, 또 입 밖에 내버리면 부정을 타게 되니까.

스콧 피츠제럴드에게, 1927. <서간 선집Selected Letters> p.261

나는 총을 든 사람이면 누구이든지 따라 나가고 싶어 하는 사냥개처럼 충직하고 아둔했다. 아니면 어렵사리 자기만을 사랑해주고 아껴주는 누군가를 발견한 서커스단의 훈련된 돼지 같았다. 매일이 축제여야 한다는 게 나로서는 참으로 놀라운 발견이었다. 심지어 소설의 고쳐 썼던 부분을 크게 소리 내어 읽기도 했다. 이건 작가로서 최악의 행동이요, 위험천만한 일이다.

사람들이 "대단한 작품이네, 어니스트. 정말 대단해. 얼마나 대단한지 자네는 모를 걸세."라고 말하면 나는 기쁨에 겨워 꼬리를 살랑거리며, 어떻게 하면 정교하고 멋진 막대기를 물어다 줄 수 있을까 하여 매일이 축제인 삶 속으로 빠져들었다.

이럴 때는 '저 자들이 내 작품을 좋다고 하다니, 뭐가 잘못된 거지?'라고 의문을 가져야 한다. 전문가라면 당연히 그렇게 해야 한다. 물론 내가 전문가로서의 역할에 충실했다면 아예 글을 읽어 주는 일 따위는 결코 하지 않았을 것이다.

<이동 축제일A Moveable Feast> p.209

자기 자신을 소재로 글을 쓰거나 이야기하는 게 얼마나 힘든 일인지 알걸세. 쓸 만한 소재라면 그게 얼마나 좋은지 자신이 잘 알고 있겠지. 하지만 자기 입으로 그렇다고 말하면 기분이 더러워지거든.

말콤 카울리에게, 1945. <서간 선집Selected Letters> p.603

그가 내 글에 관한 이야기를 꺼내자, 난 더 이상 듣지 않았다. 사람들이 내 면전에서 내가 쓴 글에 대해 이야기하면, 속이 거북해졌다. 정답은 하나다. 내가 어렵게 써야 읽는 이가 쉽게 읽고, 나의 고민이 깊어야 읽는 이의 마음이 열린다.

<이동 축제일A Moveable Feast> p.127

글쓰기와 여행은 정신을 아니 적어도 몸은 건강하게 하지요. 그래서 저는 서서 글쓰기를 좋아합니다.

하비 브레이트에게, 1950. <서간 선집Selected Letters> p.700

글을 쓰기 시작하면 작가는 흥분의 도가니에 빠져든다. 하지만 독자를 위한 읽을 거리는 없다. 그래서 타자기를 사용하고 싶어질 수도 있다. 훨씬 손쉽고 그만큼 편하기 때문이다.

일단 글쓰는 법을 익히고 나면 목표는 오로지 모든 것, 눈에 보이는 모든 것, 모든 느낌, 모든 장소, 모든 감정을 독자에게 전달하는 것이다. 그러기 위해서는 자신이 쓴 글을 전체적으로 살펴봐야 한다.

연필로 글을 쓰면 세 가지 관점에서 내가 원하는 것이 독자에게 전달되는지 확인할 수 있다. 먼저 글을 전체적으로 다시 읽어볼 때이고, 그다음은 타이핑을 할 때 글을 손볼 기회가 한 번 더 있다. 그리고 교정지를 볼 때 다시 고칠 수 있다. 이것은 글쓰기에서 무엇보다 중요하다.

처음부터 연필로 글을 쓰기 시작하면 교정할 수 있는 기회가 $\frac{1}{3}$이 더 많아진다. 3할대는 야구의 타자에게도 무척 높은 승률이다. 무엇보다 좋은 점은 글의 호흡이 길어져서 더 쉽게 개선시킬 수 있다는 것이다.

기사 작성 : <어니스트 헤밍웨이By Line : Ernest Hemingway> p.216

난 지금 뭐랄까, 집필 작업의 최적기에 있네. 그리고 보니 봄이면 늘 작업이 잘 되었던 기억이 나는구먼.

아놀드 깅그리치에게, 1936. <서간 선집Selected Letters> p.441

더운 날씨에 매일 일하고도 머리가 멍해지지 않을 사람은 없다. 작업의 패턴을 바꾸기 위해 우리는 봄, 여름, 가을엔 멕시코만으로 낚시를 간다.

기사 작성 : <어니스트 헤밍웨이By Line : Ernest Hemingway> p.472

글이 잘 써지든 아니든 우울증에서 오는 몹시 기분 나쁜 상태가 있는데, 그걸 '예술가의 응보The Artist's Reward'라고 한다네.

여름은 일하기 좋지 않은 시기일세. 죽음이 다가오는 걸 느끼지 못하거든. 작가들이 종이에 펜을 가져가는 가을이면 죽음이 느껴지지만 여름엔 그렇지 않아. 누구나 전성기는 지나가고 복숭아빛 안색은 사라져 버리지. 그렇다고 썩어 버린다는 건 아닐세. 총은 손때 묻은 게 더 좋고 안장도 그렇지.

사람이라고 예외는 아니네. 모든 참신하고 손쉬운 것들은 다 사라지고 다시는 글을 쓸 수 없을 것 같아 보이지만, 전문 지식이 생기고 더 많은 것을 알게 되거든. 그리고 예전의 활력이 반짝 되살아나면 그것을 통해 더 많은 결실을 얻어낼 수 있지.

스콧 피츠제럴드에게, 1929. <서간 선집Selected Letters> p.306

신경쓰지 않고 방해받지 않는 시간이 많을수록 글쓰는 역할을 더 잘할 수 있습니다.

그레이스 홀 헤밍웨이께(헤밍웨이의 어머니), 1929. <서간 선집Selected Letters> p.296

여름이 이렇게 빨리 지날 수도 있다는 걸 예전에는 몰랐습니다. 4월 첫째 주 이후로 열심히 일만 하다 보니 하루하루가 그냥 희미해졌습니다.

요즘에는 7시 30분쯤에 일어나서 아침 식사를 하고 9시까지 일합니다. 대개 오후 2시까지는 쉬지 않고 계속 작업합니다. 그후로는 다음 날 일하는 시간이 되기까지 진공 상태에서 사는 것 같습니다.

폴 파이퍼 부인께, 1939. <서간 선집Selected Letters> p.491

쾌적하고 따스한, 깨끗하고 친절한 카페였다. 낡은 레인코트를 옷걸이에 걸어 말리고, 다 낡아 해어진 모자는 긴 의자 고리에 걸었다. 그리고 카페오레를 주문했다. 종업원이 커피를 가져왔고 나는 코트 주머니에서 공책과 연필을 꺼내서 글을 쓰기 시작했다. 미시간에 관한 글을 쓰고 있었는데 바람이 사납게 몰아치는 추운 날씨가 소설 속의 날씨와 흡사했다.

<이동 축제일A Moveable Feast> p.5

앞으로 6주 만 더 버티면 험악한 날씨는 끝이 날 겁니다. 그러면 억지로 글을 써야만 하는 날씨가 아닌 저절로 글이 쓰고 싶어지는 날씨가 될 겁니다. 저는 아주 단순한 작가여서 실제 경험하는 바깥 날씨가 고스란히 책 속의 날씨와 기후가 됩니다. 이번 여름 날씨가 내가 쓴 글을 읽는 누구에게도 영향을 주지 않았으면 합니다.

그래서 에어컨이 설치된 방에서 작업하고 있습니다. 일정한 기압이 유지되는 비행기 안에서 글을 쓰는 것처럼 인위적 작업 환경을 조성하고 있는 거지요. 글을 끝내기는 하겠지만 온실과 반대의 환경에서 쓴 것처럼 거짓된 글입니다. 어쩌면 글을 전부 버릴지도 모르겠습니다.

하지만 다시 아침이 찾아오면 그동안 썼던 글의 골격은 유지하고, 이른 아침 새들의 지저귐과 대기의 냄새 그리고 아프리카의 겨울과 매우 흡사한 이 대농장의 아름다운 것들로 살을 붙일 수도 있겠지요.

버너드 베런슨에게, 1954. <서간 선집Selected Letters> p.838

5월에는 책 쓰는 일을 게을리했습니다. 의사가 4월에 일을 너무 심하게 했다고 한데다 5월은 낚시를 가고 메리 양과 사랑을 나누기 좋은 계절이었지요. 열심히 글을 쓸 때는 사랑을 나누는 일을 쉬어야 합니다. 그 두 가지 일은 같은 동력으로 움직이거든요.

찰스 스크리브너에게, 1948. <서간 선집Selected Letters> p.636

책을 출간하는 일은 글쓰는 데 크게 방해가 됩니다. 심지어 지나치게 사랑을 나누는 것보다 더 심하죠. 그래도 사랑을 많이 나눌 땐 다른 빛과는 전혀 다른 기막힌 빛이라도 얻지요. 매우 선명하고 공허한 빛이긴 하지만 말입니다.

버너드 베런슨에게, 1952. <서간 선집Selected Letters> p.785

나는 글쓰는 일이 정말 좋습니다.

글을 쓸 때처럼 행복할 때가 없어요. 내가 매일 쓴 글자 수를 세는 걸 보고 찰리헤밍웨이와 피츠제럴드 등의 책을 출간한 '찰스 스크리브너스 선즈' 출판사 사장가 놀려대는 건 나를 이해하지 못하거나 글에 대해 잘 알지 못하기 때문이죠. 아니면 자신이 원하는 대로 422단어를 정확하게 썼을 때 얼마나 행복할 수 있는지 잘 모르기 때문일 겁니다.

1,200단어나 2,700단어를 쓴 날은 믿을 수 없을 정도의 행복감을 느낍니다. 400~600단어 정도가 내가 훨씬 더 잘 쓸 수 있는 속도라는 것을 알고 나서는 그 정도에 늘 만족합니다. 하지만 320단어밖에 못썼을 때도 기분은 좋습니다.

확실한 건 모든 글들의 초고는 끔찍하다는 것입니다. 그래서 좋은 글을 위해서는 반드시 버려지는 글들이 많아야 하지요.

맥스웰 퍼킨스에게, 1944. <서간 선집Selected Letters> p.557

단어에 대해선 걱정 마십시오. 1921년부터 해오던 일입니다. 글을 쓰다 지치면 하이볼을 한 모금 들이키면서 단어의 수를 셉니다. 속보를 쓸 때 몸에 밴 습관인 것 같습니다. 한 단어에 1달러 25센트씩 받는 곳에서 속보를 쓴 적이 있는데, 그 돈을 받으려면 글을 정말 재미있게 써야 했지요. 안 그러면 해고였으니까요.

찰스 스크리브너에게, 1940. <서간 선집Selected Letters> p.503

내 평생 쓴 어떤 편지도 공개되지 않길 바랍니다. 따라서 나는 그러한 편지를 다른 사람이 출판하거나 출판에 동의하지 않기를 요청하고 지시합니다.

유언 집행인에게, <서간집Selected Letters> p.xxiii

나는 글을 쓰기 위해 황량하고 오래된 호텔방으로 돌아가 글을 쓰기 시작한다네. 사람들에게 이 호텔에 산다고도 하고 저 호텔에 산다고도 하지.

그러다가 그들이 내가 있는 호텔을 알아내면 시골로 거처를 옮겨 가네. 시골에서도 내가 사는 위치를 알아내면 또 다른 곳으로 옮기지.

매일 녹초가 될 때까지 작업하네. 그 외에 할 수 있는 건 신문을 읽는 것밖에 없네. 그러고는 과로로 몽롱한 상태에서 먹고, 순전히 소화를 위해 테니스나 수영을 하고, 다음 날이면 다시 글을 쓴다네.

나는 다른 작가들보다 뛰어난 작가는 아니라네. 하지만 다른 작가들보다 더 자주, 많이 뜯어고치기는 하네.

토마스 쉐브린에게(미국의 유명한 럭비 선수, 예일 대학 럭비 코치, 백만장자 목재상이기도 하다. 헤밍웨이와 막역한 사이였다), 1939. <서간 선집Selected Letters> p.484

그동안 글을 쓰지 않은 게 무척 부끄럽네. 저널리스트, 사진작가 그리고 평범하면서도 매력적인 괴짜들에게 압도되어 지냈다네. 책을 한 권 집필 중이었는데 마치 간음하다 들킨 기분이네.

도만 오고완에게(영국 군대에 있던 아일랜드 출신 장교. 2차 세계대전 말미에 헤밍웨이와 만나 평생 친구가 된다), 1954. <서간 선집Selected Letters> p.843

글쓰는 일을 하는 동시에 수동 엘리베이터로 사람들을 실어 나르며, 배관공들을 감독하고 있습니다. 그것뿐이 아닙니다. 물이 새는 지붕을 다시 고치고, 전선을 가설하고, 상수도를 설치하고, 목수들을 부립니다.

그러는 사이사이 걸어서 이층에 올라가지 말라는 의사 처방을 받은 사람을, 이층에 못 올라가게 하는 일 따위도 해야 합니다.

정말 훌륭한 관리 감독 업무가 임자를 잘못 만나 고생하고 있습니다. 하지만 글을 쓰는 일을 중단하는 순간부터, 그 수많은 나머지 일이 아주 쉬워졌습니다.

폴 파이퍼 부인에게, 1932. <서간 선집Selected Letters> p.348

어쩌다 보니 변명의 여지가 전혀 없는 아주 어려운 직업을 택하게 되었습니다. 타당성이 있든 없든 최선의 책이 되는 데 방해되는 이유가 수천 가지라 해도, 좋지 않은 책에 대한 변명거리가 될 수 없습니다. 어찌되었든 좋은 책을 써야 합니다.

작가가 되기를 원하는 사람이 작가가 되는 데 장애가 되는 요인들을 계속 더하거나 받아들인다면, 그는 바보입니다. 국내에서의 성공에 안주하면서 무일푼 친구들에게 선심이나 베푸는 건 글쓰기를 그만두겠다는 것에 지나지 않습니다.

폴 파이퍼 부인에게, 1932. <서간 선집Selected Letters> p.350

이런 저런 일들 때문에 편지를 쓰지 못했습니다. 온갖 종류의 다른 방해가 있었지만, 그럴 때마다 그것들을 야멸차고 단호하게 대했지요.

스페인어로 "H씨는 사전 약속이 없는 방문객은 받지 않습니다. 약속 없이 찾아오셨다가 환대받지 못하는 당혹스러운 일을 겪지 마시기 바랍니다."라는 글이 적힌 커다란 간판을 문에 걸어 두었습니다.

그래도 찾아오는 사람이 있으면, 그때는 당당하게 욕설을 퍼부으며 쫓아낼 권리가 있겠지요.

맥스웰 퍼킨스에게, 1947. <서간 선집Selected Letters> p.616~617

저는 작업 중에 손님이 찾아오지 못하게 하기 위해서 현관문에 나병 같은 정체 모를 병에 걸린 사람처럼 보이는 나이 지긋한 흑인을 세워 두고 손님을 맞게 했습니다.

그리고 이렇게 말하게 합니다.

"지가 헤밍웨이구먼요, 지는 댁이 너무 맘에 드네요."

기사 작성 : <어니스트 헤밍웨이By Line : Ernest Hemingway> p.192

보들레르가 카르티에 라뗑센 강 남쪽의 학생, 예술가들이 많이 사는 지역에서 바닷가재를 줄에 묶어 끌고 다니던 옛날 그 시절 이후로, 카페에서 쓰인 시들은 그리 많지 않다.

그 당시에도 보들레르는 바닷가재를 1층 관리인에게 맡기고 코르크로 막은 클로로포름 병을 세면대 위에 올려놓은 채건강이 좋지 않아 진통제로 썼던 것으로 보인다 땀을 흘리며 자신의 생각과 종이만으로 〈악의 꽃〉을 한 자 한 자 써내려 갔을 것이다.

예술가들은 그 이전에도 그랬고, 그 이후에도 그랬다.

기사 작성 : <어니스트 헤밍웨이By Line : Ernest Hemingway> p.25

P.P.S, 당신은 술을 마시지 않습니까? 술에 관해 거의 이야기를 하지 않는 것 같아서요. 나는 열다섯 살 때부터 술을 마셨어요. 술보다 더 큰 즐거움을 주는 건 몇 안 되지요.

하루 종일 머리를 쓰는 고된 노동을 하고 다음 날도 또 어김없이 일해야 할 때, 생각에 변화를 주고 다른 국면으로 흐르게 해주는 건 위스키만한 게 없지 않을까요?

이반 카쉬킨에게, 1935. <서간 선집Selected Letters> p.420

저녁 식사 후나 글을 쓴 직후와 글을 쓰는 중에는 절대 술을 마시지 않는 습관을 들였다.

<이동 축제일A Moveable Feast> p.174

제가 원하는 건 그저 평화로운 순간과 글을 쓸 수 있는 기회입니다. 제가 쓰는 글이 어머니 마음에 드셨던 적이 한 번도 없을지도 모르겠습니다. 그러다가 갑자기 아주 마음에 드는 글이 생길지도 모르지요.

하지만 적어도 저는 제가 쓴 글에 대해서는 진지하다는 사실만은 믿어 주셔야 합니다.

그레이스 홀 헤밍웨이께, 1927. <서간 선집Selected Letters> p.244

모든 예술은 개인에 의해 행해진다. 개인이면 충분하다. 무리는 동료를 실패자로 분류하는 일만 할 뿐이다.

<오후의 죽음Death in the Afternoon> p.99~100

그동안 술을 마시지 않고 지냈네. 술집에도 가지 않았지. 딩고파리에 있는 술집. 피츠제럴드와 처음 만난 곳, 르 돔, 르 셀렉트에도헤밍웨이가 사랑했던 파리의 카페들 가지 않았네. 아무도 만나지 않았고. 누굴 만나러 가지도 않았다네. 집필 중인 작가로서 별난 실험을 시도해본 거지.

하지만 이런 게 다 허영심의 발로라는 게 들통나고 말지도 모르겠네.

스콧 피츠제럴드에게, 1926. <서간 선집Selected Letters> p.217

글을 쓰는 일은 잘해야 외로운 삶을 사는 것입니다. 작가를 위한 단체는 외로움을 덜어 주지만, 글이 좋아지는가 하는 점에는 회의가 듭니다.

외로움에서 벗어나면 작가의 공적인 위상은 올라가지만 작품의 질이 떨어질 때가 종종 있지요.

혼자 일하는 직업이기 때문에 정말 훌륭한 작가라면 매일 영원의 세계를 직면해야 합니다. 아니면 영원의 세계가 없다는 것을 직면해야겠죠.

노벨 문학상 수상 소감 중에서

나의 삶은 글쓰기가 되고, 나의 글은 영혼이 됩니다.

노벨 문학상 수상 소감 중에서

음란성

부인, 우리가 속된 의미로 썼던 말들이 모두 짜릿함을 잃어버렸습니다.

<오후의 죽음Death in the Afternoon> p.71

가령 나도 '죽이는'이라는 표현을 사용한 적이 있다. 하지만 대화 글에서만 사용했을 뿐, 대체할 더 나은 단어가 있는데도 불구하고 사용했던 적은 없단다.

올바른 단어를 사용하도록 노력해라. 대화 글 외에는 속어를 사용하지 않도록 해라. 그것도 불가피한 경우에만 사용하기 바란다. 모든 속어는 곧 흥미를 잃고 혐오감을 불러오기 때문이다.

이를 테면 나는 적어도 천 년은 지속되어 온 욕설만을 사용한다. 한때 반짝했다가 곧 퇴색해 버릴 글이 될까 봐 두려워서란다.

캐롤 헤밍웨이에게(헤밍웨이의 여섯 자녀 중 다섯째), 1929. <서간 선집Selected Letters> p.308

선생께서 특정 단어에 대해 다소 걱정하시는 것 같습니다. 사용할 수 있는 것과 없는 것을 말해주시면 우리 둘이서 같이 해결해 나갈 수 있을 겁니다. 저는 폼 나게 보이려고 벽에다 속된 단어들을 쓰는 어린아이가 아닙니다. 그런 단어 없이도 효과를 낼 수 있다면 언제든 잘라내겠습니다.

하지만 그럴 수 없을 때가 있습니다. 또한 사람들이 잘라내는 언어에 생명을 불어넣는 일은 그 언어를 위해서도 좋은 일이죠. 그건 매우 중요합니다.

맥스웰 퍼킨스에게, 1933. <서간 선집Selected Letters> p.396

〈태양은 다시 떠오른다〉에서 외설스러운 표현을 줄이려고 노력했습니다. 하지만 외설적인 표현들을 너무 많이 줄여서 내용이 부실해졌을까 봐 두렵습니다. 그냥 이 책은 외설적인 책으로 간주해버리고, 다음 책이 좀 덜 외설스럽거나 좀 더 고상하기를 바라는 편이 나을지도 모르겠습니다.

맥스웰 퍼킨스에게, 1926. <서간 선집Selected Letters> p.213

〈아프리카의 푸른 언덕〉이 영국에서 4월 3일에 발간되었는데 아직 저에게는 연락이 없습니다. 책을 매우 멋지게 만들었다더군요. 얼마나 달라지는지 보려고 빌어먹을bloody은 일곱 번, 개새끼son of bitch는 한 번, 제기랄shit은 너댓 번을 자발적으로 뺐습니다모두 당시에는 외설적인 표현으로 간주되었다.

그런 암초를 지니고도 이 책이 순항할지 아닐지 두고 보죠. 조던 케이프 사영국 출판사에게 주는 특별 선물로 좆같은cocksucker을 삭제하지 못한 게 못내 아쉽군요.

맥스웰 퍼킨스에게, 1936. <서간 선집Selected Letters> p.444~445

예를 한번 들어봅시다. 간음이라는 말을 할 수 없다면 성교한다는 말은 할 수 있나요? 그럼 동거한다는 말도 안 되나요? 그렇다면 초야를 치르다는 말도 하지 말아야겠군요. 편집자님 취향대로 판단하도록 하세요.

아놀드 깅그리치에게, 1935. <서간 선집Selected Letters> p.413

우리는 특정 단어의 사용에 대해 서로 일치된 견해를 갖고 있다고 생각합니다. 그리고 나는 단어를 사용할 때 반드시 다른 말로 대체할 수 있는지를 가장 먼저 생각합니다. 문제는 전체적으로 봤을 때 그 자체의 가치나 의미를 해치는 단어를 사용해서는 안 된다는 겁니다.

가령 '방귀' 같은 단어는 금방 눈에 띄지요. 글 전체가 허풍과 거짓, 과장이 난무하는 익살극이 아니라면 말이죠. 가스가 나온다는 오래된 전통 영어 표현이 있기는 하지만, 이런 표현을 사용할 수는 없어요. 그 예스러운 표현을 사용할 경우를 굳이 생각해내자면, 아주 비극적 상황에서는 전혀 문제없이 받아들일 수 있을 겁니다.

맥스웰 퍼킨스에게, 1926. <서간 선집Selected Letters> p.211

그런 어휘들을 조사해온 건 당신입니다. 법의 테두리를 벗어나지 않으려고 글자 한두 개를 삭제하기로 결정했다면, 그건 편집자께서 알아서 할 일이죠.

저는 원고를 보내니 당신이 알아서 감옥에 갈 것이 무엇이고, 가지 않을 것이 무엇인지 알아봐 주시죠. 그런 것들 다 X 먹어라. 이건 괜찮죠. 합법적 아닙니까?

맥스웰 퍼킨스에게, 1932. <서간 선집Selected Letters> p.362

일반적인 문어적 표현이 아닌 특정 단어를 사용하는 근본적인 이유는 그런 말속된 표현들이 내 글에 등장하는 사람들이 사용하는 어휘의 일부이기 때문입니다.

그런 표현들의 사용을 피하면서 독자에게 전달하고자 하는 감정을 완전히 드러낼 방법은 없습니다. 투우장에서 나누는 대화조차도 엇비슷하게만 그려 낸다면, 그 책은 출간될 수 없을 겁니다.

두세 마디로 그 감정을 표현하려고 노력해야 했어요. 직설적으로 사용하지 않고 〈시체의 박물관〉에서 그랬듯이 간접적으로 의미가 전달되도록 노력해야 했지요. 당신도 무슨 말을 하려 했는지 눈치챘을 겁니다.

글에서는 삭제되었지만 내가 그런 말들을 고집하는 것은 어린 아이가 새로 배운 단어를 담장에 분필로 낙서하는 것과는 전혀 다릅니다.

내가 그런 말들을 사용하는 데는 두 가지 이유가 있습니다. 첫 번째는 위에서 설명한대로이며, 두 번째 이유는 말로 했을 때와 똑같은 효과를 내면서 똑같은 의미를 지닌 단어가 없을 때입니다.

하지만 저는 그런 어휘를 되도록이면 사용하지 않고 싶고, 불필요한 충격을 주고 싶지도 않습니다. 하지만 때론 계산된 충격, 혹은 제 생각에 필요할 것 같은 충격을 주는 경우가 있기는 합니다.

에버트 페리에게(로스앤젤레스 공립도서관 사서. 헤밍웨이에게 작품의 상스러움을 걱정하는 글을 썼다), 1933. <서간 선집Selected Letters> p.380~381

기자 : 글을 쓸 때 당시 읽고 있는 작품의 영향을 받으십니까?

헤밍웨이 : 조이스가 〈율리시즈〉를 집필하던 때 이후로는 없었습니다. 그의 작품에 직접적으로 영향을 받았던 것은 아니지만 당시 우리가 알고 있던 어휘가 제한적이라는 사실을 알고 있었고, 단어 하나를 찾아내느라 씨름해야 했습니다. 그런데 조이스 작품의 영향으로 상황이 완전히 달라졌지요. 덕분에 우리는 모든 제한에서 풀려날 수 있었고요.

조지 플림프턴, "어니스트 헤밍웨이와의 인터뷰An Interview with Ernest Hemingway." <파리리뷰The Paris Review 18> 1958 봄호

정치

좌파네 뭐네 하는 것들이 매우 결정적 의미를 지니고 있을 거라는 당신의 희망사항에 대해 말하자면, 내게는 그런 것들이 귀신 씨나락 까먹는 얘기들이라는 겁니다. 저는 정치, 문학, 종교 등에서 유행을 따르지 않습니다. 동료 작가들의 작품이 왼쪽으로 쏠리면 다음번엔 오른쪽으로 쏠릴 거라는 데 약간의 돈을 걸 수도 있어요.

그리고 일부 싹수 노란놈들은 언제나 그렇듯이 왼편, 오른편으로 흔들릴 겁니다. 글을 쓰는 데에 우익이니 좌익이니 하는 건 없습니다. 오로지 좋은 글과 나쁜 글만 있을 뿐이죠.

혁명은커녕 길거리에서 벌어지는 남자들의 싸움판도 구경해보지 못한 별 볼 일 없는 건달들이 위대한 정치적 문제 등등에 어떻게 무관심할 수 있느냐고 글로, 말로 떠들어 대지요. 아이오와 주 대번포트에 있는 어떤 조직에 대해 말하는 겁니다. 그런데 들어보세요. 소위 무관심이라는 것을 형성했던 분노, 증오, 분개, 환멸의 열기를 초래했던 사건들에 대해 그들은 들어본 적도 없을 거예요.

그런데 지금 공산주의가 마치 YMCA 간부 회의나 되는 듯, 아니면 우리 모두 애국자라도 된 양 공산주의를 받아들이라고 합니다.

저는 빌어먹을 애국자도 아니고 왼편이나 오른편으로 치우치지도 않을 겁니다. 조만간 나는 왼편이든 오른편이든 중도든 상관없이, 일해서 먹고살지 않는 정치 놈팡이들을 기관총으로 겨눌 겁니다. 일이 아니라 정치로 먹고사는 사람은 누구라도 표적이 될 거란 말입니다.

폴 로메인에게, 1932. <서간 선집Selected Letters> p.363

살아있는 작가가 정치적 명분을 지지하면 경력을 쌓는 데 도움이 될 수 있다. 그 정치적 명분을 위해 일하고 그것을 신봉한다고 선언하다가, 그 명분이 득세하게 되면 매우 좋은 입지를 얻을 것이다.

모름지기 정치란 나중에 전리품을 얻을 것이라는 희망으로 보수를 받지 않거나 당분간 시간당 최저생활 임금을 받으며 열심히 일하는 것이다.

누구나 파시스트가 되거나 공산주의자가 될 수 있다. 그러다 능력이 되면 대사가 되거나, 정부에서 그의 책을 수백만 권 출간해주거나, 아니면 작가들이 흔히 꿈꾸는 다른 종류의 보상을 받을 수도 있다.

문학 혁명 작가들은 너나없이 야망이 크다. 한동안 나는 혁명이 집안 거실, 출판업자의 다과회를 휩쓸고, 가벼운 피켓 시위까지 일으키던 시대를 살았다. 친구 중 상당수는 근사한 직업을 얻었고, 다른 이들은 감옥에 갔다.

하지만 글을 쓰는 동안 인류의 지식에 보탬이 되는 뭔가 새로운 것을 발견하지 못하면, 그 어느 것도 작가 본연의 업무에는 전혀 도움이 되지 않을 것이다.

무덤에 들어갈 땐 다른 작가들처럼 악취를 풍기겠지만 다른 점이라면 정치적 동지들이 있었기에 더 많은 조화를 보낼 테고, 시간이 지나면서 악취가 좀 더 심해진다는 점이다.

기사 작성 : <어니스트 헤밍웨이By Line : Ernest Hemingway> p.183

프롤레타리아 계급 출신이 아니라면 최근 정치에 눈을 뜬 비평가들의 비위를 맞추기 위해, 그 계급에 관한 글을 쓰라는 말에 넘어가지 말아야 한다. 머지않아 그 비평가들은 다른 모습으로 변절할 테니 말이다.

나는 그동안 그 사람들이 얼마나 다양하게 변신했는지 봐왔다. 하나같이 아름답지 않은 모습들이었다. 자신이 아는 것을 쓰고 진실되게 써라. 그리고 그 글들이 놓일 자리를, 그들 모두에게 말해주어라.

책은 내가 잘 알고, 사랑하고, 미워하는 사람들에 관해 쓰는 것이지 연구해야 할 사람들에 관해 쓰는 것이 아니다. 진실하게 쓴다면 책이 지닐 수 있는 모든 경제적 함의를 지니게 될 것이다.

그건 그렇고 크리스마스 휴가를 맞아 자기가 쓰는 것에 관해 확실히 알고 기막히게 써낸 작가의 책을 읽고 싶다면, 존 오하라의 〈사마라에서의 약속〉을 읽어보라.

시간이 남으면 톨스토이의 〈전쟁과 평화〉를 읽고 정치적 사유에 대한 엄청난 글들은 어떻게 건너뛰어야 할지 생각해보라. 그 소설을 쓸 당시 톨스토이는 그 부분이 가장 훌륭하다고 생각했음은 의심할 여지가 없다.

하지만 그 부분은 더 이상 진실도 아니고 중요하지도 않다. 그 글들이 시사적인 것을 뛰어넘는 글이라면 인물과 행동이 얼마나 진실하고 지속적이며, 중요한지 파악해보라. 지금 유행이 이러하니 책은 이래야 한다고 하는 말에 현혹되지 마라.

기사 작성 : <어니스트 헤밍웨이By Line : Ernest Hemingway> p.184

전에 이런 편지를 쓴 적이 있었는지도 모르겠습니다만, 그런 위험은 그냥 감수하겠습니다. 당신은 애국자인 양 글을 쓰는데, 그것이 당신의 맹점입니다.

수많은 애국자를 보았습니다. 하지만 그들도 결국 다른 사람들처럼 심한 상처를 입고 죽었습니다. 일단 죽고 나면 애국심은 전설을 쓸 때나 필요하지, 산문을 위해서도 필요없고 시를 써도 소용없지요.

이반 카쉬킨에게, 1936. <서간 선집Selected Letters> p.432

작가의 삶

“먼저 작가에게 해를 입히는 구체적이고 실질적인 것이 무엇인지 말해주시겠어요?”

나는 심오하게 말했다.

“정치, 여자, 술, 돈, 야망이지. 그리고 정치, 여자, 술, 돈, 야망이 결여된 것이라네.”

<아프리카의 푸른 언덕Green Hills of Africa> p.28

늑대는 모든 이들의 사냥감이지. 모두가 그를 싫어하지만, 그는 예술가들이 그렇듯 자력으로 살아가네.

하비 브레이트에게(미국 칼럼니스트. 헤밍웨이의 친구, 뉴욕타임스 리뷰 편집자), 1952. <서간선집Selected Letters> p.771

굶주림에 지나치게 연연하지 않도록 스스로를 더욱 통제할 필요가 있다. 굶주림은 좋은 훈련이다. 많은 것을 배울 수 있다. 사람들이 이 점을 이해하지 못하는 한 당신은 그들보다 앞서 있다.

그래 맞다, 지금 나는 다른 사람들보다 훨씬 더 앞서 있기 때문에 제때 끼니도 떼우지 못할 형편이다. 다른 사람들과의 거리가 좀 좁혀져도 나쁠 것 같진 않다.

<이동 축제일A Moveable Feast> p.75

"자네, 우리가 작가들을 아주 이상한 족속으로 만들고 있다는 걸 아나?"

"나는 무슨 소린지 모르겠네."

"우리는 여러 측면에서 작가들을 망치고 있어. 첫째, 경제적인 측면일세. 작가들은 돈을 벌긴 하지. 좋은 책은 언젠가는 돈을 벌게 해주지만 작가가 돈을 만지려면 운이 따라야 하네. 둘째로 우리 작가들은 돈을 좀 벌면 생활 수준을 높여서 또다시 돈에 발목이 잡힌다네. 주택이나 아내 등등을 유지하기 위해 글을 써야만 하고 그러면 허접한 글을 쓸 수밖에 없지. 일부러 허접한 글을 쓰는 건 아니지만 서두르기 때문이네. 할 말이 없거나 영감의 우물에 물이 말라 있을 때도 글을 써대지. 그건 야망 때문일세. 마지막으로 일단 본성을 드러내게 되면 그걸 정당화하려고 쓰레기 같은 글을 더 많이 쓰게 되는 걸세."

<아프리카의 푸른 언덕Green Hills of Africa> p.23

글을 써서 먹고살고 있네. 그런데 부자가 되지 못하네. 모든 작가는 처음에는 가난하지만 나중에는 부자가 되지. 나는 그걸 신앙처럼 믿고 있네.

제임스 갬블에게(1차 세계대전 동지, 대령), 1921. <서간 선집Selected Letters> p.45

문학을 하며 살아오는 동안 아직 인세를 받아본 경험이 없습니다. 하지만 계속 선인세가 줄어들어서, 언젠가는 그런 날이 오기를 바라고 있습니다.

맥스웰 퍼킨스에게, 1927. <서간 선집Selected Letters> p.257

자기 일을 하며 그 안에서 만족을 얻는 사람은 가난 때문에 괴로워하지 않는다. 돈을 쓰지 않는 것 외에는 가난과의 싸움에서 이길 방법이 없었다.

하지만 우리 작가들은 스스로를 가난하다고 생각하지 않았다. 그 사실을 받아들이지 않는다. 우리는 우수하며, 우리가 마땅히 경멸해야 할 사람들을 부자라고 생각했다.

<이동 축제일A Moveable Feast> p.50~51

내가 신문사 통신원 월급보다 적게 벌었던 해에 글렌웨이 웨스콧, 손톤 와일더, 줄리안 그린은 모두 부자가 되었지요. 그리고 부양할 처자식이 딸려 있는 사람은 나밖에 없습니다. 뭔가 대책을 강구해야만 합니다.

지금 발생한 인세를 지급만기일 전까지는 받고 싶지 않습니다.

한 번에 목돈을 받아서 투자도 해보고 싶습니다. 순수문학의 이런 강세장이 영원히 지속되지는 않을 겁니다.

나는 원래 그렇게 큰돈을 벌고자 하는 사람은 아닙니다. 그렇게 벌어본 적도 없고요. 하지만 그렇다고 해서 평생 돈을 못 버는 사람으로는 살고 싶지 않습니다.

맥스웰 퍼킨스에게, 1928. <서간 선집Selected Letters> p.278

예술적 도덕성에는 의문의 여지가 없다고 생각합니다. 원고료를 받는 것보다 글을 쓰는 일이 언제나 훨씬 더 재미있으니까요. 제가 계속해서 글을 쓸 수 있다면 언젠가는 우리 모두 큰돈을 벌 날이 오겠지요.

맥스웰 퍼킨스에게, 1926. <서간 선집Selected Letters> p.216

경제적 타격을 입었을 때, 육체적으로 얻어맞은 것 이상으로 비명을 지르고 싶지는 않습니다. 저는 돈이 필요합니다. 그것도 아주 절실하지요.

하지만 불명예스럽거나 뒤가 구리거나 경계를 넘는 일을 할 정도로 절실하지는 않습니다. 또 돈을 버는 '빠른' 길을 택할 정도는 아닙니다. 정말, 이 점은 분명히 하고 싶습니다.

알프레드 라이스에게, 1948. <서간 선집Selected Letters> p.655

전 항상 중요한 것은 오직 하나, 자신의 일이라고 생각해왔습니다. 전쟁에 나간 장군처럼 제 일을 위해서는 무엇이든 희생할 겁니다.

하지만 이제 살아있는 동안에는 성공할 수 없다는 사실을 알게 되었지요. 살아있는 동안에 중요한 성공은 돈을 버는 것인데, 저는 그걸 거부했습니다. 그래서 저는 죽은 다음의 성공을 위해 작업하려고 합니다.

그래서 제가 맡은 대원들가족을 더욱더 세심히 보살필 것이며 책임져야 할 부상자가 없도록 할 것입니다. 그리고 제가 소유하고 있는 작은 것들에서부터 즐거움을 느끼려고 합니다.

폴 파이퍼 부인에게, 1936. <서간 선집Selected Letters> p.436

후대에 관하여 : 글을 진실하게 쓰는 것에 대해서만 생각합니다. 후대의 일은 후대가 알아서 하겠지요.

아서 미즈너에게, 1950. <서간 선집Selected Letters> p.695

베니티 페어 지와 코스모폴리탄 지 등등에서 소설, 기사, 연재물을 써달라는 편지가 옵니다. 하지만 저는 6개월, 아니 일 년 동안 아무것도 출간하지 못했습니다.

지금이 매우 중요한 시기라는 것, 그리고 내가 할 수 있는 최대한의 노력을 기울여 편안한 마음으로 글을 쓰는 것이, 돈벌이라는 함정에 빠지는 것보다 훨씬 더 중요하다는 사실을 알고 있습니다.

그래서 가능한 한 좋은 글을 쓰려고 노력하고 있어요. 시장에 한눈팔지 않고, 글을 써서 무엇을 얻게 될 것인지도 생각하지 않습니다. 아니면 그런 글들이 언젠가 출간된다고 하더라도 돈벌이라는 함정에는 빠지지 않으려고 노력합니다.

돈벌이라는 함정이 미국 작가들의 목을 쥐고 있습니다. 우리의 뛰어난 조상들이 옥수수 탈곡기에 목을 맸듯이요.

그레이스 홀 헤밍웨이께, 1927. <서간 선집Selected Letters> p.244

자네가 집필을 끝내 간다니 얼마나 기쁜지 말로 표현할 수 없을 정도라네. 요즘은 모든 작품을 비난하고, 비싼 대가를 치르며, 우아하게 파멸하는 것밖에 없다고 생각하는 게 유행이지.

하지만 가엾은 작자들은 이런 짓을 하네. 아무것도 할 수 없거나 파멸로 가는 것밖에는 할 수 없는 사람들과 경쟁하기 위해 글쓰기를 포기하는 것 말일세.

스콧 피츠제럴드에게, 1929. <서간 선집Selected Letters> p.304~305

예술가를 위해 할 수 있는 일은 딱 두 가지일세. 돈을 주는 것과 그가 할 일을 알려 주는 것. 객관적인 요구는 이 두 가지뿐일세.

어니스트 월시에게, 1926. <서간 선집Selected Letters> p.188

열심히 일하고 있습니다. 심하게 우울할 때는 발작을 일으켰습니다. 처음에는 그래서 글을 쓰지 못했고 3주 정도 잠도 제대로 자지 못했습니다. 새벽 2시쯤에 자리에서 일어나 오두막으로 가서 날이 밝을 때까지 작업하는 것이 습관이 되었습니다. 밤에 작업하면 뇌가 활발히 움직여 머릿속에 있는 것을 모두 글로 쓸 수 있기 때문이죠.

아침이 되면 모두 사라져 버리고 기진맥진해집니다. 그렇지만 운동 부족인 것 같아 날씨에 아랑곳하지 않고 무조건 밖으로 나가 배를 타고 다녔더니, 이제는 몸이 많이 좋아졌습니다. 머리가 돌아 버릴 정도로 속도를 내며 글을 쓰는 것보다는 절반만 쓰더라도 운동을 충분히 해서 미쳐 버리지 않는 게 훨씬 낫지요.

전에도 우울증을 앓았던 적이 있었습니다. 그런데 이번에는 우울증을 제대로 앓게 되어 기쁩니다. 사람들이 어떤 일을 겪는지 알게 되었으니까요. 아버지에게 일어난 일아버지의 자살에 대해서도 보다 관대해질 수 있게 되었습니다. 모터에 기름과 윤활유가 필요하듯이, 몸과 마음의 원활한 작동을 위해 운동이 필요하다는 사실을 이제서야 알게 되었습니다.

뉴욕에 있는 동안 운동하지 않고 지냈습니다. 이곳으로 돌아와서도 머리 쓰는 일 외에는 아무것도 하지 않으려고 했습니다. 그러다 보니 운동으로 기름을 쳐주지 않고 한쪽에 치우쳐 일했던 것이죠. 어찌 되었거나 지금은 건강합니다.

폴 파이퍼 부인에게, 1936. <서간 선집Selected Letters> p.435~436

최선을 다해 작업하기 위해 휴식이 더 필요합니다. 건강은 저의 주요 자산이니 현명하게 관리하려고 합니다.

월리스 마이어에게(스크리브너 출판사의 편집자), 1952. <서간 선집Selected Letters> p.752

한두 달 동안 글쓰기를 멈추고 여행에 나서자마자 몸이 날아갈 듯이 가벼워졌습니다. 글을 쓸 때 원하는 대로 글이 풀려나가는 것도 대단한 행복감을 주지요.

하지만 그 둘은 완전히 다른 이야기입니다. 그럼에도 우리 삶이 얼마나 짧은지 안다면 두 가지 행복 모두 중요하지요.

이반 카쉬킨에게, 1936. <서간 선집Selected Letters> p.431

키웨스트에 가서 모든 것에서 벗어나고 싶습니다. 이번 책에 대해 언급하는 것처럼 지겹고 신물나는 일은 없었습니다. 이 책에 대한 찬사의 편지들이 속속 옵니다. 그것도 신물납니다. 팬레터 때문에 괜히 당황스럽고, 불편하고, 진절머리가 나려고 합니다.

글쓰는 일은 정말 어려워요. 가장 좋은 글들은 모두 잠재의식 속에서 만들어집니다. 그러니 잡무, 서평, 평론 등등의 일로 바쁠 때는 아무것도 쓸 수가 없지요.

맥스웰 퍼킨스에게, 1929. <서간 선집Selected Letters> p.316~317

피고트아칸소 주에서 지내면서 사람들과 멀리 떨어져 있어야겠다는 생각이 들었습니다. 그러면 사람들이 찾아와서 귀찮게 굴지 않을 테고, 글을 쓸 수 있겠지요.

새로운 소설을 시작하려고 합니다. 어떤 양반들은 소설을 쓰면 사교계의 꽃이 될지도 모르겠지만, 저는 사람들과 어울리는 게 발병이 난 곰이 절뚝거리며 다니는 것만큼 괴롭습니다.

Dr. C. E. 헤밍웨이 박사께. 1926. <서간 선집Selected Letters> p.207

킨타나 호텔이나 팜플로나 또는 스페인에서 편지를 써 주게. 자네는 편지를 쓰고 싶지 않나? 나는 편지가 쓰고 싶네. 편지를 쓰는 건 일하지 않으면서도 뭔가 해냈다는 느낌을 주는 멋진 방법이거든.

스콧 피츠제럴드에게, 1925. <서간 선집Selected Letters> p.166

어리석은 얘기를 장황하게 늘어놓은 편지들을 용서하십시오. 저는 소설을 쓰지 않을 때는 대신 편지를 씁니다. 편지는 저에게 기쁨을 주는 사치입니다. 이 편지들이 당신께도 기쁨이 되기를 바랍니다.

버너드 베런슨에게, <서간 선집Selected Letters> p.xxi

몸 건사 잘하고 이런 쓰레기 같은 편지는 제발 잊어 주시게. 그 빌어먹을 책을 쓰느라 진이 다 빠져 버렸다네. 내가 편지를 제대로 쓸 때는 일을 하지 않고 있다는 표시일세.

바튼 장군에게(미 육군4보병 사단장. 전쟁 중에 헤밍웨이와 함께 지냈다), 1945. <서간 선집Selected Letters> p.606

자네와 만나 대화를 할 기회를 놓쳤네. 대화를 나누다 보면 우리가 문학에 관해 편지를 쓸 때 독단적으로 쏟아내는 허튼소리들을 가려낼 수 있고, 글에 대한 깊이 있고 올바른 이해가 가능해지는데 말일세.

스콧 피츠제럴드에게, 1935. <서간 선집Selected Letters> p.425

나로 말하자면 어떤 험담을 털어놓아도 완벽하게 안전한 사람입니다. 더도 덜도 말고 사실 그대로, 한쪽 귀로 들어왔다가 입으로 나가거든요.

존 도스 패서스에게, <서간 선집Selected Letters> p.xii

제가 편지를 쓰는 것은 평정을 되찾기 위해서이니 용서해주십시오. 하지만 어째서 사람들이 서로 편지를 주고받으면 안 되는지 그 이유를 알 수가 없습니다. 예전에는 다들 편지를 썼는데 말이죠. 그런데 요즘은 모두들 텔레비전에 나오기만 바라는 것 같습니다.

아서 미즈너에게, 1950. <서간 선집Selected Letters> p.697

제발 부탁인데 내가 총을 얼마나 많이 맞았는지, 총을 얼마나 쐈는지에 관한 기사를 쓰거나 되풀이하지 말게. 케이프와 스크리브너에게 내 군복무 내용을 홍보에 사용하지 말아달라고 부탁했네. 그 경험을 언급하는 게 불쾌할 뿐더러, 그건 군복무 경험에 대해 내가 갖고 있는 자부심을 무너뜨리는 일일세.

나는 상습 경마 도박꾼이나 술주정꾼이 아닌, 작가로서 알려지고 싶다네. 그냥 작가이고 싶고 그렇게만 평가받고 싶네.

그림 같은 작은 외딴 집에서 겁 많은 염소 300마리와 충견 블랙

독에 에워싸여 산다고 뭐가 달라지겠는가? 문제는 글을 쓸 수 있는가, 하는 걸세.

로버트 캔트웰에게(미국의 소설가, 평론가. 헤밍웨이가 훌륭한 작가로 추천한 바 있음), 1950. <서간 선집Selected Letters> p.712

사람이 계속해서 집에만 머물 수는 없지. 그래서 밖으로 나갔다가 뭔가 일이 생기면 그게 신문에 나는 거라네. 아침 해가 뜨자마자 잠자리에서 일어나 일을 시작하는 건 절대로 신문에 나지 않아. 국가에 봉사한 것도 신문에 나지 않지.

지금껏 품었던 야망이 미국 최고의 작가가 되는 것이 전부이고, 그 목표를 위해 열심히 노력하고 있다는 것도 신문에 나지 않는다네.

로버트 캔트웰에게, 1950. <서간 선집Selected Letters> p.709

릴리언 로스가 제 소개글을 썼더군요. 교정지로 그 글을 읽고는 등골이 오싹했습니다. 릴리언은 제 친구이기 때문에 악의로 그렇게 쓰지 않았다는 것을 압니다. 그녀가 원한다면 나를 그렇게 소개할 권리도 있지요.

하지만 저는 제가 북미 인디언인 촉토족 혼혈아처럼 말한다고 생각지도 않거니와 그 말이 아침 해가 뜨자마자 일어나서 하루 종일 글만 쓰면서 열심히 일하는 것으로 인생의 대부분을 보낸 사람에 대한 적절한 인상을 준다고도 생각지 않습니다.

이제 막 책 한 권을 끝낸 참입니다. 이런 경우에는 몇 주 동안은 다른 것에 크게 신경쓰지 않습니다. 그래서 그 글이 라이프 지의 기사만큼이나 나에게 해가 된다는 것을 알면서도 신경쓰지 않았습니다. 해를 끼치려는 의도가 아니었지만 많은 피해를 입었습니다. 그럼에도 불구하고 저는 여전히 릴리언을 좋아합니다.

토마스 블레드소에게, 1951. <서간 선집Selected Letters> p.744

하지만 찰리에게 편지로 말했던 것과 같은 이유로, 나는 생존 작가의 사생활에 관해 글을 쓰는 것을 반대하네. 또 작가가 살아 있는 동안 그의 정신 분석을 하는 것도 반대일세.

풋내기 FBI 요원들이나 프로이드와 융에게 버림받은 이들, 일종의 관음증 칼럼니스트나 잊혀진 치부 목록이나 뒤지는 무리들이 한데 어우러져 만들어내는 것이 비평이네.

미즈너는 돈을 벌었지만 스콧에 관한 책으로 상당히 잔인한 짓을 했지어린 딸과 그 아이의 자식들에게까지. 그리고 모든 젊은 영문학 교수들은 현재 그 때문은 침대보에서 노다지를 보네. 한 작가가 합법적으로 사용한 네 개의 침대피츠제럴드가 했던 네 번의 결혼에서 나온 더럽혀진 이불로 무엇을 할 수 있을지 상상해보게. 그러면 그들이 군침을 흘리는딱 맞는 표현이 아닐 수도 있네. 아니라면 자네가 하나 골라 주게 이유를 알 수 있을 걸세.

월리스 마이어에게, 1952. <서간 선집Selected Letters> p.751

뉴요커 지에 기사가 나간 후 앞으로는 그 어떤 주제에 관해서도 인터뷰하지 않겠다고 결심했습니다. 그리고 인터뷰를 당할 것 같은 장소에는 얼씬도 하지 않기로 했습니다. 아무 말도 하지 않으면 오해하기도 어려울 테니까요.

토마스 블레드소에게, 1951. <서간 선집Selected Letters> p.746

하지만 BB, 우리가 잘했다고 생각하는 것에 관해 비관적일 필요는 없다고 생각합니다. 우리는 뭔가 보상받아야 하고, 우리가 받을 유일한 보상은 우리의 내면에 있으니까요.

광고, 사람들의 칭찬, 아부, 단순히 유행을 타는 것은 전혀 가치가 없습니다.

버너드 베런슨에게 1954. <서간 선집Selected Letters> p.837

출간된 책 속에 실린 글이 제 입장입니다. 그러니 제발 제 사생활은 내버려두기 바랍니다. 무슨 권리로 남의 사생활을 파헤친단 말입니까? 절대 그럴 권리는 없습니다.

찰스 펜턴에게, 1952. <서간 선집Selected Letters> p.765

고 찰스 스크리브너 2세와 블레드소에게 생존해 있는 작가의 전기에 반대하는 이유를 편지로 보낸 바 있습니다. 그 이야기를 처음부터 다시 할 필요는 없을 것 같습니다.

하지만 작품을 집필 중인 사람에게 노이로제에 걸려 고생하고 있다는 말을 하는 것은 암에 걸렸다고 말하는 것만큼이나 해를 입힐 수 있다는 사실을 아십니까? 그런 식의 말에 더 이상 글을 쓸 수 없는 지경에까지 피해를 입을 작가들도 있습니다.

하지만 살아있는 사람에 대한 공공연한 심리학적 분석을 반대하는 것과 이런 분석이 사람에게 끼칠 수 있는 해악에 대한 생각이

저 혼자만의 생각은 아닙니다. 그것은 인간 존중에 대한 원칙의 문제입니다.

솔직히 논의 대상이 될 만한 죽은 작가가 충분하니, 살아있는 작가들이 평화롭게 집필할 수 있도록 내버려두어도 좋을 것 같습니다. 작가의 입장에서 보면 지금까지 출간한 책으로 인해 충분히 걱정스럽고, 곤혹스러웠으며, 작품 집필에 심각한 방해도 받았으니까요.

필립 영에게(헤밍웨이의 연구가), 1952. <서간 선집Selected Letters> p.760~761

찰스 펜턴은 문학사나 창의적인 글의 비결이 케케묵은 치부 목록에 있다고 생각하는 부류입니다.

지금 그는 제가 토론토에서 지내던 시기에 관한 글을 쓰고 있는 중입니다. 제가 본 바로는 모두 부정확하고 얼토당토아니한 이야기뿐이었습니다. 작년에 제가 캔자스시티 스타 지에서 수습 생활하던 시절에 관해 연구하는 일을 도와주기까지 했는데 말이죠. 그 때문에 낭비한 시간이면 아주 좋은 소설 세 편은 충분히 쓸 수 있었을 겁니다.

도로시, 살아생전에 사람들이 나에 관한 이야기를 쓰는 것은 끔찍한 일입니다. 최선을 다해 막아보려 했지만 믿었던 사람들에게 수없이 모욕을 당해왔습니다.

도로시 코네이블에게(헤밍웨이는 토론토에서 코네이블 집안 안주인의 눈에 들어 그 집 아들과 친구를 해주기로 하고 돈을 받았다. 그 친구하기로 한 아들의 누나가 도로시 코네이블이다), 1953. <서간 선집Selected Letters> p.805

내가 아는 한 작가에게 일어날 수 있는 최악의 일은 초기 작품이 자신의 허락도 받지 않고 개정되어 출판되는 일입니다. 너무 당황스럽지요. 사실 가치가 없기에 보관하지 않기로 결정한 기사 글을 다른 동료 작가가 모아서 출판하는 일보다 더 최악의 상황은 없을 것입니다.

내가 출판하기를 원하지 않는 글을, 당신이 출판할 권리는 없습니다. 그건 카드 게임을 하면서 속임수를 쓰거나, 남의 책상이나 휴지통을 샅샅이 뒤지거나, 개인적인 편지를 읽는 것이나 매한가지로 인간이 인간에게 할 짓이 아닙니다.

찰스 펜턴에게, 1952. <서간 선집Selected Letters> p.787

저는 개인적으로 비평가들은 작품에 대해 무슨 소리든 할 수 있는 권리가 있다고 믿고 있습니다. 틀린 말을 한다 해도 상관이 없다고 생각합니다. 동시에 작가가 살아있는 동안 그의 사생활에 대해서는 글을 쓸 권리가 없다고 믿습니다. 지금 말하고자 하는 것은 인격권에 관한 것이지, 법적인 권리에 관한 이야기는 아닙니다.

작가 생전에 공공연한 심리 분석을 하는 것은 명명백백 사생활 침해입니다.

토마스 블레드소에게, 1952. <서간 선집Selected Letters> p.748

나는 자네를 평론가로 생각하지 않네. 비난하는 말이 아닐세. 내 말은 자네를 작가로 생각하고 있다는 말이네. 그렇지 않았다면 그 어떤 해명도 하지 않았을 걸세. 책은 마땅히 독자의 판단에 맡겨져야지 작가가 해명해서는 안 되는 걸세.

로버트 코츠에게, 1932. <서간 선집Selected Letters> p.368

〈강 건너 숲속으로〉는 정말 좋은 책이네. 자네 마음에 들지 않는다면 얼마든지 깎아내리게. 그건 자네 권리이자 의무지. 하지만 나는 더 나은 작품을 만들고 실수한 부분이나 잘못된 부분을 잘라내기 위해 206번을 읽었다네. 그리고 마지막 읽을 때는 아주 흡족했네. 206번이나 내 빌어먹을 심장이 미어지는 느낌을 받았지.

이건 지극히 내 개인적인 의견이라는 점을 감안하기 바라네. 하지만 나는 상당한 기간 동안 글을 쓰고 읽어 왔으니, 똥인지 된장인지 구분할 수는 있네.

하지만 꼭 해야만 하겠고, 할 수 있다면 얼마든지 작품을 폄하하고 유린하고 죽여 버리게나.

로버트 캔트웰에게, 1950. <서간 선집Selected Letters> p.711

그 자들이 뭐라 말하든지 제발 그저 글이나 쓰면서, 그 글이 대작이 될지 아닐지는 신경쓰지 말게. 나는 허접한 글 91쪽을 쓰고 난 다음에야 겨우 1쪽의 좋은 글을 얻는다네. 그리고 그 허접한 글들을 모두 쓰레기통에 넣어 버리지. 자네는 남의 눈치 안 보고 살기 위해 돈을 벌려면, 그 엉터리 글을 출판해야 한다고 생각할 걸세. 다 좋네. 하지만 능력껏 열심히 글을 많이 쓰다보면 그만큼 대작이 많아질 걸세.

자리에 앉아 아무리 열심히 생각한다고 해도 마음먹은 대로 대작을 쓸 수는 없네. 자네를 망쳐 버릴 뻔한 셀데스길버트 셀데스, 미국의 작가, 문화비평가나 다른 작가들의 말들은 잊어버리고 가능한 한 신경

쓰지 말게.

구경꾼들이 글이 좋다고 큰소리로 성원을 보내거나 글이 좋지 않다고 야유를 보내도록 놔두게. 그냥 내버려두어도 자네는 아무 일 없이 잘 지낼 수 있을 거네.

스콧 피츠제럴드에게, 1934. <서간 선집Selected Letters> p.408

대부분의 생존 작가들은 존재가 없다. 그들의 명성은 평론가들에 의해 만들어진다. 평론가들에겐 늘 그 시대의 천재가 필요하다. 그들이 완벽하게 이해하고, 칭찬해도 안전하다고 느끼는 작가들이다. 하지만 그렇게 만들어진 천재들은 죽어 버리면 더 이상 존재하지 않을 것이다.

기사 작성 : <어니스트 헤밍웨이By Line : Ernest Hemingway> p.218

모두들 나름의 이론을 세우고, 그 이론에 사람을 맞추려고 하지요. 모두 정신적 외상입니다. 아키 무어미국의 라이트 헤비급 권투 선수가 다리를 잃었을 때도 P. 영은 그를 정신적 외상의 희생자로 진단할 겁니다.

카를로스 베이커프린스턴 대학 교수, 소설가, 시인, 평론가, 헤밍웨이 전기 작가는 정말 저를 난처하게 합니다. 그가 진심으로 내가 고의로 뭔가에 상징을 부여했다고 생각하는 걸까요? 글 한 문단을 쓰는 것도 힘든데 말입니다.

하비 브레이트에게, 1956. <서간 선집Selected Letters> p.867

아시겠지만 평론을 쓰는 이들 대부분은 지극히 학구적인 사람들로, 농담이나 조롱 또는 광대 짓을 쓸모없는 사람들이나 하는 짓으로 생각합니다.

우리 예수께서 십자가에 매달리신 것에 대해서는 저도 농담을 하지 않습니다. 하지만 예수께서 예루살렘 성전에서 돈 바꿔 주는 사람들을 쫓아내실 때, 그분을 만난다면 저도 농담을 던져볼 겁니다.

하비 브레이트에게, 1952 . <서간 선집Selected Letters> p.767

생쥐 : 그건 대학에서 가르치는 글쓰기 방식이 아닌데요.

Y.C. : 난 그런 건 잘 모르네. 대학에 다녀본 적이 없거든. 하지만 글을 쓸 줄 안다면 어떤 빌어먹을 놈이 대학에서 글쓰기를 가르치겠나.

기사 작성 : <어니스트 헤밍웨이By Line : Ernest Hemingway> p.217

어쨌든 모든 평론은 쓰레기입니다. 작가 자신 말고는 아무도 작품에 대해 제대로 알 수 없습니다.

세상에 자신의 견해를 말하는 걸로 돈을 받는 전문 비평가들이 있을 수 있다니 정말 욕지기가 납니다. 그런 자들은 무리 지어 돌아다니는 문학의 불임자들로, 꼭 군대를 따라다니는 상인이나 매춘부 같은 비전투종군자 같습니다.

하지만 이들은 매춘 행위를 하지도 않습니다. 모두 지조가 높은 불임자들이죠. 의도도 좋고 생각도 아주 좋지요. 하지만 그래 봐야 기껏 비전투종군자에 불과합니다.

셔우드 앤더슨에게, 1925. <서간 선집Selected Letters> p.161~162

평론가들이란 사람들에게 어떤 속성을 덮어씌우는 버릇이 있습니다. 그러고 나서는 자신들이 생각했던 것과 다른 모습을 발견하면 본성을 속이고 살아간다고 비난하지요.

맥스웰 퍼킨스에게, 1926. <서간 선집Selected Letters> p.240

그 책을 쓸 때 저는 실제 상어를 생각했지요. 평론가들이 말하는 그런 이론과는 아무 상관이 없었다는 건 아실 겁니다. 그런 발상이 어디서 나왔는지 모르겠습니다.

글쓰는 일은 어떤 직업보다 외로운 직업이기 때문에, 저는 이성적이고 건전한 비판을 바랐습니다. 하지만 카쉬킨과 윌슨 씨 당신 외에는 그런 비판을 해주는 이가 거의 없었습니다.

두 분의 비판 중 어떤 것은 상당히 동의하기 어렵지만, 어떤 것은 매우 도움이 되고 배울 점이 있습니다.

에드먼드 윌슨에게, 1952. <서간 선집Selected Letters> p.793

서평을 읽는다는 건, 참 나쁜 버릇입니다. 책을 출간한 다음에 서평을 읽는 건 매우 해롭습니다. 책을 이해하지 못한 서평인 경우엔 화가 치밉니다.

설사 그들이 책을 이해했다고 하더라도 당신이 익히 알고 있는 사실을 읽는 것이니 도움이 될 게 전혀 없습니다. 그건 스트레가이탈리아산의 오렌지 맛을 곁들인 리큐르를 마시는 것만큼 해롭진 않지만 비슷한 점이 약간 있지요.

버너드 베런슨에게, 1952. <서간 선집Selected Letters> p.791

〈태양은 다시 떠오른다〉에 대한 주된 비평은 인물이 너무 매력적이지 않다는 것 같습니다. 〈율리시스〉나 〈구약성서〉에 등장하는 인물들, 헨리 필딩이나 그 밖에 일부 비평가들이 좋아하는 작가들이 만들어낸 인물들의 매력에 대해 생각하면 이런 식의 평론은 정말 웃깁니다.

그토록 매력적이라는 인물들이 어디서 놀고, 술에 취하면 어떻게 행동하는지, 그리고 밤생활에 대해서는 어떻게들 생각하는지 궁금하네요.

맥스웰 퍼킨스에게, 1926. <서간 선집Selected Letters> p.240

박수갈채가 없어도 항상 글을 쓸 수 있는 준비가 되어 있어야 한다. 가장 기분 좋을 때는 초고를 끝냈을 때다. 하지만 여러 번의 검토를 통해 날씨와 배경과 감정을 독자에게 전달할 수 있을 때까지는 아무도 그 글을 읽어서는 안 된다.

이런 작업을 다 마칠 즈음, 때로 그 글을 다시 읽고 수백 번 더 읽어도 도무지 무슨 말인지 모를 수도 있다. 게다가 책이 출간될 쯤이면 이미 다른 작업을 시작했을 때이다. 그러면 그 책은 이미 지나간 일이 되어, 더 이상 그 책에 대한 이야기를 듣고 싶지 않게 된다.

하지만 책에 대한 이야기를 듣고 출간된 책을 읽게 된다. 그리고 이제는 바꾸고 싶어도 어찌할 도리가 없는 대목들을 보게 된다. 당신의 자질을 발견하는 것으로 명성을 얻지 못하는 비평가들은 누구나 작가들의 무능함과 실패, 천부적 재능이 전반적인 고갈 상태에 이르고 있음을 예견함으로써 명성을 얻게 되기를 바랄뿐이다.

정치적 동맹이 없다면 작가가 계속해서 글을 쓰기를 바라거나 행운을 빌어 주는 평론가는 한 명도 없다. 동맹이 있는 경우엔 모두들 환호하며 호메로스, 발자크, 졸라, 링크 스테펜즈미국의 저널리스트, 대표적 추문 폭로 기자처럼 당신을 그들의 반열에 올려놓을 것이다. 작가라면 그런 서평들이 없다는 것을 오히려 복받은 일로 여겨야 한다.

그리고 결국 언젠가 어디에선가 작업이 안 되고 기분이 더러울 때 그 책을 들춰보다가 읽기 시작할 것이다. 그리고 잠시 후 아내에게 이렇게 말할 것이다.

"세상에, 이 작품 기가 막히는데."

그러면 아내는 "여보, 내가 처음부터 그렇다고 했잖아요."라고 할 것이다. 아니면 아내가 당신이 하는 말을 못 듣고 "뭐라고요?"라고 되물을 수도 있다. 하지만 당신은 그 말을 되풀이하지 않는다.

하지만 책이 좋다면 내가 정말 잘 알고 쓴 것이고, 진실한 글이라면 다시 읽어도 그렇다는 걸 안다면 다른 작자들이 뭐라 깽깽거리든 내버려둬도 좋다. 그 소리가 아주 추운 눈 쌓인 밤 그 작품을 팔아 번 돈으로 마련한 오두막에서 듣는 코요테의 울부짖음처럼 기분 좋게 들릴 것이다.

기사 작성 : <어니스트 헤밍웨이By Line : Ernest Hemingway> p.185

유머에 대해 했던 말에 관한 걸세. 평론가들은 자네가 농담하는 걸 원하지 않네. 자기들이 정해 놓은 범주가 흐트러지기 때문이지.

아놀드 깅그리치에게, 1933. <서간 선집Selected Letters> p.385